きっと優しい夜

うえだ真由

幻冬舎ルチル文庫

CONTENTS ✦目次✦

きっと優しい夜

✦カバーデザイン=吉野知栄(CoCo. Design)
✦ブックデザイン=まるか工房

イラスト・金ひかる✦

きっと優しい夜

よっ、と重いマネキンを慎重に下ろして、羽根理《はねさとる》は息をついた。しかし、休んでいる暇はない。隣のマネキンとくっつきすぎていることに気づき、すぐに再びマネキンを抱え上げると、ほんの少し離す。

折り畳んでジーンズのポケットに突っ込んでいたコンテのコピーを取り出し、絵のとおりになるようにマネキンの向きを調整していると、自分を呼ぶ声がした。

「羽根くん、次これ」

「はい！」

返事をして、理は急いでその場を離れた。ショーウィンドウの裏側に下りると、太腿《ふともも》ほどの高さのあるフラワーベースを渡される。

陶器のそれは、見た目から予想している以上に重い。しっかり持たないと床の段差や壁にぶつけて欠けてしまう。気合いを入れて持ち上げ、理は再びステージに上がった。先ほどと同じようにコンテを見ながら、端の方に置く。

大物をすべて運び込んだ頃は、普段あまり汗をかかない体質の理も、すっかり汗だくになっていた。Tシャツの肩口に額を擦《こす》りつけるようにして汗を拭《ぬぐ》い、ステージから下りる。

正面――地下街の通りに面したショーウィンドウのガラス側に回ると、理は心持ち顎《あご》を引いて全体を眺めた。コンテと見比べて、どれがどれくらいずれて今のバランスになっているかを頭に叩《たた》き込む。

基本的に、ディスプレイはメインのマネキンから小道具に至るまでコンテに忠実に再現される。けれど、現場で全体のバランスを見ながら多少変えることは多い。もちろん、コンテを描くときはそういった奥行きなども考慮した上で３Ｄで作成するのだが、やはり現場で再現してみるとライティングの加減などで印象が違ったりする。

「……まぁ、だいたいこんな感じか」

隣で呟《つぶや》いた堂上永貴《どうがみえいき》に、理は顔を上げた。意志の強そうな眉《まゆ》、強い光を放つ鋭い眼差《まなざ》し――普段からワイルドな印象の彼は、今は頭にタオルを巻いていっそう男っぽい雰囲気だ。油断のない目でウィンドウの向こう側を睨《にら》んでいる横顔を見つめたあと、理も同じ方向を眺める。

永貴の描くコンテは、彼の見た目の印象とは少し違い、いつも精緻《せいち》なものだった。細かいところまで気を配られたコンテは、光の当たり方やそれに伴ってできる影まできちんと計算されている。コンテと実際のディスプレイにもっとも差のないデザイナーが永貴で、だから彼の指揮する現場では仕事が終わるのが常に早い。ああでもない、こうでもないと、小道具やブラインドをあちこち動かしたりしなくてもいいいためだ。

ディスプレイをするにあたり、正面のガラスを外してセッティングできる場合もあるが、今回はガラス嵌《は》め込み式のショーウィンドウなので出入り口は裏側にある。声があまり聞こえないため、指で示すだけの指示でわからない場合はいちいち表と裏を行き来しなければならないので、こういう現場のときはコンテ通りに仕上げてほぼ変更のない永貴のグループだとやりやすいのが実情だ。

今日も、とても綺麗《きれい》なディスプレイが出来た。最新の服に身を包んだ男女のマネキンが寄り添い、もうすぐ来る夏を予感させる羊歯《しだ》の葉が二人を引き立てている。綿密に計算されたライトは真夏の太陽のように降り注ぎ、見ているだけで楽しい気分になるのは間違いない。僅《わず》か一坪くらいのこの空間は、道行く人の購買意欲をきっとそそるだろう。

顎を引いて全体を眺めていた理は、ある一点がふと気になって視線を留めた。女性のマネキンが穿《は》いているスカートだが、何か変な気がする。

ジーンズのポケットからくしゃくしゃになったコンテを出して確認したが、絵のとおりだった。でも、絵で見ても特に何も思わないその箇所は、やっぱり実物を見ると違和感がある。どこが違うのだろうと二つを見比べていた理は、じきに原因に思い当たって眉を寄せた。

「――……」

二体のマネキンは、向かって左側が男性、右側が女性だ。男性が女性の細い腰を抱き寄せ、女性は動きを出すために右手を流すポーズにしていた。このとき、女性の指だけをわざと羊歯の葉に少し隠している。

この僅かな演出のせいで、狭いディスプレイゾーンに奥行きを出しているのが永貴の上手《うま》いところなのだが、今回は少し問題があった。指と葉が重なっているせいで影が多くできてしまい、女性のマネキンのスカートに結構濃い陰影を落としてしまっている。

もちろん、ショーウィンドウを横目に道行く人には気にならない程度のことだろう。でも、全体的に夏の解放感溢れる明るいディスプレイなだけに、服の一部が陰で少し暗くなっているのが勿体《もったい》ない。

理がそう思ったとき、ふと頬《ほお》に視線を感じた。見れば、同じようにディスプレイを眺めていたはずの永貴が、いつしかこちらを見ている。

「どこが変かわかるか？」

端的に問いかけられて、理は口を開きかけ、すぐに閉じた。頭の中で言葉を整理してから、慎重に話し出す。

「女性のスカートが、一部暗くなっているのがちょっと」

「じゃあどうする？」

「……、手を……少し角度を変えて、羊歯の上に上げれば」

「なるほど。――やってみな」

頷《うなず》いて、理は再びバックに戻った。鉢の位置を変えずに回転だけさせて角度を変えたあと、マネキンの腕を弄《いじ》る。

しかし、腕を上げすぎると男性に抱き寄せられているというポーズに無理が出るし、かといってあまり上げなければ羊歯の葉に掛かるままだ。四苦八苦していると、ガラスの向こう側から永貴が手招きしているのが見え、理はがっくりと肩を落とした。腕を元に戻せとゼスチャーされて、言われたとおりにしてスペースを出る。

永貴のところに戻ると、彼は別のメンバーを呼び、先ほどの理のようにスペースに行くよう命じた。

「よく見てろ」

「はい」

素直に頷いた理の横で、永貴はガラス越しに指示を始める。動かすのはマネキンか植物か、と真剣に見守っていた理は、永貴がまったく違う方向を指したのに僅かに目を瞠《みは》った。永貴が動かすよう命じたのは、さっき理が四苦八苦して角度を変えたどちらでもなく、天井に嵌め込まれたレールに下がるライトだ。

あっ、と思う間もなく永貴の指示で幾つかのライトの角度が変えられ、たったそれだけで、スカートに集中していた影は薄くなった。何も移動させなかったから、奥行きを感じさせるディスプレイはそのままだ。

感動半分、驚き半分で声もなくウィンドウを見ている理に、永貴は頭に巻いていたタオルを取りながら言った。

「狭いところに幾つも置くんだから、いかに影を目立たせないかが勝負なんだ。物を動かすんじゃなく、照明を上手く使え」

「はい」

「もちろん、照明を動かすにも限度があることは知ってるな？　影の位置を変えるために物を動かすのも一つの手だ。でも、物の位置を変えたくないときは照明を使うことを憶《おぼ》えておくこと」

「はい」

言われることの一つ一つを噛《か》み締めて頷いていると、ふと永貴が顔を上げた。完成したことに気づいたのだろう、今回のディスプレイの依頼主である百貨店の担当者が近づいてくるところだった。すぐに退いた理に代わり、担当者が永貴に幾つか確認している。

その場を離れ、傷がつかないように隣のウィンドウに貼っていた養生シートを剝《は》がしていると、手伝いに来てくれた長坂《ながさか》という社員が苦笑した。

「堂上さん、羽根くんには厳しいね〜」

「そう……なんでしょうか」

「うん。いつもの堂上さんだったら注意で終わるところを、羽根くんにはいろいろ説明した上で教えてるし。次はこれだけのことができるようになれってことだと思う。俺んときはそこまで厳しくなくて、今の羽根くんみたいに特訓されだしたのって三年めくらいからだったからなぁ」

長坂の台詞《せりふ》は、初めて聞くものではなかった。別の同僚からも、永貴は理に対して厳しいと何度となく言われたことがある。

確かに笑顔一つない指導は厳しいし、切り口上で話されると萎縮《いしゅく》してしまいそうになるが、理不尽なことで頭ごなしに叱《しか》られるようなことは一度もないため「自分にだけ厳しい」というところに首を傾《かし》げつつも愛の鞭《むち》と思うようにしていた。

「そういや羽根くん、カラーコーディネーターの試験受かったんでしょ？」

「あ、はい。お陰さまで……三級なので全然大したことはないんですけど」

祝福してくれた長坂に恐縮していると、笑顔を向けられる。

「堂上さんから受験しろって言われたって聞いたけど」

「そうです。この仕事をやるなら持っておいた方がいいって」

「確かにそうだけど、俺たちみんな『資格』ってちゃんとした形で持ってるわけじゃないしなぁ。羽根くんのこと見込んでるのは、堂上さん見てたらよくわかるよ」

そう言って、長坂はあっと目を瞠った。

「もしかすると、契約社員じゃなくて採用する気なのかもな。だとすると資格あった方が有利ってことかも」

「……、どうなんでしょう」

どう答えていいものかわからず曖昧《あいまい》な笑みを返した理に、長坂は頑張れよと励ましてくれた。二人で協力して大きなシートを畳みながら、理はふと目を伏せる。

正社員の身分は、喉《のど》から手が出るほど欲しかった。

長坂の言うとおり、堂上から資格を取れと言われたときは期待した。けれど、合格を伝えても特に契約については触れられなかった。よく頑張ったなという誉《ほ》め言葉のあとには、次は二級だなという言葉が続いた。

畳んだシートを積んでいると、どうやら先方のＯＫが出たらしく、永貴が手を叩く。

「お疲れさん。終了」

「終了でーす」

作業しているメンバーはあちこちに散らばっているから、伝言ゲームのようにあちこちで「終了～」という声が上がる。ただ、理の仕事はこれで終わりではない。まだ担当者と話している永貴が見ていないことは承知でぺこりと頭を下げると、ガラスの向こう側に回るべく走り出した。

ディスプレイが完成したら、後片づけが待っている。壊れやすいマネキンや陶器の鉢を包んできた大量の緩衝材をまとめ、触れたところの指紋を拭き取ったタオル類を空《あ》いた段ボール箱に放り込み、その辺に転がったままのメジャーやガムテープなどの小物器材も失《な》くしたり忘れたりしないように専用の箱に入れる。

「羽根くん、そっち持って」

「はい！」

セカンドチーフの江崎《えざき》に言われ、理はすぐに指示に従った。江崎は堂上の片腕で現場では彼に次ぐ発言権があるが、二人は見た目も性格もまったく似ていない。身長は同じくらいなのだが体軀《たいく》のしっかりした堂上に対し江崎は縦に長いモデル体型で、顔立ちも優しげな色男だった。性格の方も武骨な堂上と逆に人当たりがいい。正反対の二人だが、口数少ない職人肌の堂上を江崎がそつなくフォローするというコンビでバランスが取れている。

この場では、理がいちばんの下っ端だ。下っ端というより、理が契約社員で、ほかのメンバーは全員正社員だった。

江崎と一緒にスタンドを抱えてトラックに向かいながら、理は足下に注意する。この職場で働くようになって二年ほど——ようやく慣れたが、最初の頃は大物を運んでいる途中で転がったスプレー缶や金槌《かなづち》などを踏んで転倒しかけたことが何度かあり、それ以来気をつけているのだ。

マネキンスタンドに刻まれた『檜皮製作所《ひわだ》』の文字を見て、理は腕に力を籠《こ》めた。理が現在勤めているのは檜皮デザインという会社で、檜皮製作所の関連会社にあたる。

檜皮製作所とは、国内で数社しかないマネキン製造会社だ。昭和の前期は海外から輸入していたマネキンを、最初に国内で生産しはじめたのが檜皮製作所だった。海外のマネキンは高価で、そのわりには体型や容貌が日本人とは違いすぎて需要が伸びなかったことから、画期的で向上心溢れる社長が自社での製作を試みたらしい。

製作を始めた当時は一体あたりの価格が高すぎるなどの理由で低迷したようだが、柔軟な発想力を持つ社長が試行錯誤を重ね、購入よりは安価なレンタル制度を開始したり、高価格を逆手に取ったオーダーメイドに対応したりと、少しずつ業績が伸び始めた。社長の代が変わり、好調な業績に後押しされるように経営の多角化に乗り出し、これまでは檜皮製作所の企画・デザイン部門だったグループを檜皮デザインとして分社化したのが五年前だそうだ。

昔ながらのマネキン製造をメインに据える檜皮製作所と違い、檜皮デザインはその名の通りデザイン業をメインにする。百貨店や専門店の依頼を請け、ショーウィンドウや店舗のディスプレイを手がけるのだ。

ディスプレイは、当初は檜皮製作所がマネキンを納入していた客先に頼まれたときだけやるような、いわばサービスとしての仕事だったのだが、マネキンの性質や流行を知る社員が作ったコーナーは好評を得ることが多く、次第にあちこちからの依頼を手がけるようになったらしい。マネキンは不要だがディスプレイは頼みたいという客も出てきて、それをきっかけに檜皮デザインとして檜皮製作所から一本立ちしたとのことだった。

社員は少なく、たったの十五名。檜皮製作所の役員が社長を務め、同じように現場を知らない総務経理が三名。残りの十一名が、現場と直接かかわる社員だ。

比較的若い社員が多く、三十一歳でチーフの堂上が上から三番目という会社だった。

「羽根くん、そこガラスあるから注意しろよ～」

「はい」

江崎の言葉に注意深くガラスの横を通った理は、そこに映る自分の姿に思わず苦い笑みを浮かべてしまった。

結構な力仕事なのに、全体的に細いままの体軀。華奢《きゃしゃ》な印象は否めず、肌も焼けていない。身体《からだ》と同様顔の作りも繊細で、眉や鼻梁《びりょう》や顎などがすべて細く、奥二重のやや切れ長の目許《めもと》もの静かな印象を抱かせる。

学生時代は年齢より上に見られることが多かったが、社会人になってからは逆に若く見られることが多くなった。肉付きが薄いまま縦方向にばかり伸びた思春期っぽい体型や、脱色したわけでもないのに光に照らされるとやや茶色がかって見える髪などが原因かもしれないと思っている。

けれど、理が思わず苦笑してしまったのは、今さらな自分の容姿についてではなく、今の恰好《かっこう》があまりにも汚いからだった。

汚れたTシャツ、あちこち擦《す》り切れたジーンズ、肩に掛けたタオル——前の職場の元同僚は、今の姿を見たらびっくりするのではないだろうか。

かつてはこうしてマネキンを並べる仕事ではなく、マネキンに服を着せる販売員の仕事をしていたのを懐かしく思い出しながら、理はせっせと後片づけに精を出した。

ディスプレイの仕事は、真夜中が多い。ショーウィンドウの大半は、日中は人通りが激しい大通りや駅地下の通路に面しているためだ。店舗が閉まり、終電もなくなった頃、ひっそりと作業が開始される。

作業そのものは非常にハードだ。始発が動くまでに終わらせなければならないから、時間との勝負になる。すべての仕事が終わったあと、がらりと様相を変えたショーウィンドウを眺め、夜が明けてからここを通りかかる人の驚く顔を想像するのが理の密《ひそ》かな楽しみだった。

「もう……これで終わりかな」

江崎が言うのに、空いた段ボール箱を潰《つぶ》したり細かなごみを拾ったりしているメンバーたちが頷く。それを見て、江崎が理に言った。

「じゃ、堂上さん呼んできて。撤収終わりましたって」

「はい」

返事をして、理は通用門に向かった。まだ代理店の担当者と話している堂上の背中をしばらく見つめ、一段落した頃を見計らって声をかける。

「堂上さん、終わりました」

「そう」

頷いて、堂上は担当者に挨拶《あいさつ》した。一歩下がったところで待ちながら、理はショーウィンドウを眺める。

女性のマネキンが着ているのは、鮮やかなオレンジ色のブラウスに同色系の柄物のスカート。大胆なプリント柄と薄い生地が季節感をよく表していて、細い脚に視線を下ろせば、これまた夏の必須アイテムである華奢なミュールを履いている。男性の方は、洒落《しゃれ》た半袖《はんそで》シャツに麻のパンツだった。オフィス街に近く、大人の会社員が多く通りかかる場所だから、全体的にアダルトな雰囲気で纏《まと》められている。

二体のマネキンの足下に置かれた小さなプライスカードを見て、理は無意識のうちに口許に苦い笑みを刻んでいた。

今夏の流行は、鮮やかなビビッドカラーだ。でも、買い足す予定はなかった。財布事情も苦しいし、何より職場がこんな感じなので着ていく場所もない。

でも……と、理は腰に巻いたエプロンを見下ろした。必須アイテムである、ポケットがたくさんついた多機能エプロンは、鮮やかなターコイズブルーだ。前のものがあっという間にぼろぼろになったので買いなおしたのだが、流行色があったのでちょっと嬉しくなって、派手かなと気後れしつつつつい買ってしまったのだった。

「待たせたな」

ぽん、と肩を叩かれて、物思いに耽《ふけ》っていた理は慌てて姿勢を正す。

それから先方の担当者に頭を下げ、永貴のあとをついて裏手に回ったのだった。

理がマンションに帰り着いたのは、午前四時半だった。そろそろうっすらと色を変え始めている明け方の空の下、住人を起こさないよう静かに外階段を上がって、二階の自分の部屋の鍵を外す。

六畳一間の狭い部屋だが、やっぱり帰ってくると落ち着く。据え付けのシンクで手を洗うと、理は冷蔵庫からプラスチック製のピッチャーを出した。昨日、部屋を出る前に作っておいた麦茶は冷えていて、それを適当なコップに注《つ》いで一気に飲む。

大きく息をついて、理は帰宅時に持ってきた郵便物を手に取った。チラシやダイレクトメールばかりの中、電気代の明細書にはっとする。慌しくシール状のハガキを捲《めく》り、金額を確認して、理は安堵《あんど》のため息をついた。先月は梅雨《つゆ》のためにエアコンを何回かかけてしまったのだが、思ったほど電気料金が高くなっていなかったことに安心したのだ。

「……」

折り畳み式のローテーブルに力なくハガキを置いて、理はカーテンを開けたままの窓に視線を投げ、夜と朝の中間色の空を見る。

前の職場を辞め、不況の中死ぬ気で就職活動して、やっと契約社員で採用となった今の職場。仕事はきついし時間も不規則だが、不満はなかった。ただどうしても、契約社員だからこそ給与が低めで安定していないのがつらい。

時間外勤務が多い分手当もつくが、とにかくクライアントあっての仕事だ、シーズンによって現場仕事があまりない月は極端に収入が落ちてしまう。しかも、固定給の正社員と違って時給制なので、祝日が多い月はダイレクトに収入に響く。

正社員だと、現場のない月でもコンペのための案を練ったり会議だったり、きちんと基本給に相応《ふさわ》しい仕事がある。理の場合は、内勤ばかりのときは会議に参加できず、資料整理やマネキンを製作している工房へのお使いを頼まれるだけだった。

もちろん、このご時世で転職すればこうなる可能性もあるとわかっていた。退職することになってしまったのは、自分のせいだ。それでもたまに——こうして電気代に不安になったり、現場が少ない月に翌月の家賃を心配したりするたび、言葉にし難い後悔が胸を満たす。

緩慢に首を振って、理は足音を立てないように作り付けの小さなクローゼットに近づいた。

今日も午後から事務所に出勤だ、早くシャワーを浴びて汚れを落として寝てしまいたい。

しかし、狭いクローゼットの端の方、今は着ないまま下げられている服が目に入った瞬間、理は手を止めてぼんやりとそれを見つめる。

数枚のシャツとジャケットは、K'Sという男性向けブランドの服だ。理が以前勤めていたアパレル会社のもので、販売員時代に着ていたものだった。退職した際に殆《ほとん》ど処分してしまったが、初めて購入したものだったりデザインがとても気に入っていたものだったりで想い出が詰まっている服だけはどうしても捨てられず、こうして着ることもないままひっそりとしまってある。

「……」

振り返り、朝焼けに染まり始めた窓の外をちらりと見やって、理は微《かす》かに睫毛《まつげ》を震わせた。

そこに浮かぶ幻の男の顔を見つめれば、掌《てのひら》は無意識のうちにクローゼットの扉をぎゅっと握り締める。

朝焼けを見ると、いつも初めて朝帰りした日のことを思い出す。前の職場も一般の会社員に比べて時間が不規則だったが、昼も夜もない今ほどではなかった。必ず夜に帰り、午前中に出勤する生活だったから、恋人と同じ夜を明かして着替えのために早朝マンションに戻ったのはあの日が初めてだった。浮かれて、幸せで、でもなぜか怖い気もして、やけに鼓動が響いていたことが強く胸に残っている。

苦かった恋の結末を思い出し、理はそっと口唇を震わせた。同性しか好きになれない自分が、ようやく手に入れた初めての恋。楽しい時間も煌《きらめ》く想い出もたくさん作れたけれど、それらも思い出せばすべて苦く感じてしまうほど、別れるに至った一連の出来事は今も傷として胸に残っている。

――しばらくは、恋をしたくない。

社会に出て日が浅く、異性と恋愛できなかったために学生時代にもろくな経験を積めなかった自分は、まだ未熟なのだ。次の恋は、もっと先——いつか、人を見る目が養えたそのとき。優しい笑顔の奥まで、きちんと見ることができるようになったときに。

一人前の社会人になるべく、今は一生懸命働いて、少しでも仕事の知識を増やしたい。

小さく息をつき、理は目を開けた。事務的な手つきでクローゼットの扉を閉め、そろそろ明るくなってきた光を遮るようにカーテンを引くと、バスルームに向かう。

カーテンを閉めたのは、これから短い眠りを取るためだけれど、朝焼けの空に浮かぶ初恋の面影を見たくなかったのも理由の一つだった。

＊

「……。はい、じゃあこれ」

「ありがとうございました」

総務の社員から書類を受け取り、理は一礼したあとフロアをあとにした。デザイン部に戻りながら、今し方手渡された一枚の書類を眺める。

三ヵ月ごとの、契約更新。今回も無事に更新してもらえたことに感謝して、理は自分のデスクに戻ると、紙を大切に畳んでしまった。このたった一枚の紙が、来月からの三ヵ月の職場を約束してくれるのだ。

前の職場を退職してからは、本当に苦しかった。金銭面という物理的な問題もあったが、それよりも精神的にきつかった。

解雇ではなく自主都合の退職扱いにしてもらえたが、退職金はなかったし失業保険の給付までにも時間がかかった。通勤に便利だった都心のマンションを引き払ってもっと安いアパートに引っ越し、生活費もいっそうの倹約を心がけたが、僅かな貯金は空白の三ヵ月ですべて底をついた。ハローワークに通い、求人情報誌をチェックして、片っ端から面接を受けては落ちる、その繰り返し。日ごとに焦りは募る一方で、でもそんな忙しい日々の中でもショックはなかなか消えなくて。

三ヵ月の無職期間を経てようやく檜皮デザインに契約社員として採用してもらえたのだが、次の更新時に切られるかもしれないという不安が常に拭えない。

フロアに戻ると、理は早速永貴に呼ばれた。

「手あいてる？　大至急で工房にこれ持ってってもらいたいんだけど」

「大丈夫です、すぐ行きます」

マネキンの脚を振った永貴に頷いて、理は細かい指示を聞くと急いで外出準備を整える。

働き始めてしばらくは、その辺にマネキンの手や脚など身体の一部分だけがあるのにぎょっとすることも少なくなかったが、今はすっかり慣れた。ただし電車の中で偶然隣にいる人を驚かせるわけにはいかないので、託された膝《ひざ》から下の部分は丁寧《ていねい》に布で包んだあと紙袋に入れる。

デパートを最大顧客とするため都心のビルにテナントを構える檜皮デザインと違い、本社は大量のマネキンを置く必要から倉庫を併設していて、そのため首都圏から少し離れた市部の外れにある。電車を乗り継ぎ、バスを使って、檜皮デザインの事務所から約二時間で到着した理は、ほっと息をついた。

予《あらかじ》め連絡を入れておいたから、理が顔を出すとすぐにジーンズにエプロン姿の職人が出てきた。吉岡《よしおか》という、理より三つ年下の社員だが、大人びた顔立ちの理とは反対に童顔の彼はもっと年下に見える。ただ高卒ですぐ入社して職人としては六年目、腕の方も確かだ。

滅多に本社に来ない理と違い、吉岡は基本的に本社と都内のビルと半々にいる。マネキンを製作するのは本社の工房なのだが、細かい修正や仕上げは理が勤務する都内のビルのアトリエ室で行うためだ。微調整のために現場まで来ることも珍しくない。

吉岡は人懐《ひとなつ》っこい性格と腕のよさから人気者で、部署違いながら理とも顔見知りだった。

「すみません、作業中に」

エプロンだけでなく、腕や頬も汚したままで出てきた吉岡に謝ると、気さくな笑顔が返ってくる。

「ううん、こっちこそわざわざごめん。ありがとう。コーヒー出すよ、入って」

「いえ、すぐ帰りますから」

「いいじゃんコーヒーくらい。堂上さんに万が一突っ込まれたら、電車遅れたって言っとけばいいよ」

歳《とし》は理の方が上、でもキャリアは吉岡の方が上。あとから入った理は敬語だが、吉岡はそうでもなく、普段の口調で笑顔で礼を言った。

工房の隅にある申し訳程度の応接セットに理を座らせ、吉岡はすぐにマグカップを二つ持ってきた。俺も休憩したかったんだよねと呟き、理から受け取った袋を早速開ける。

出てきた脚は、男性の右足の膝から下部分だ。脹脛《ふくらはぎ》の筋肉がかなり過剰に盛ってある。スポーツ用品店の靴を履かせるためのもので、ユーザーのタイプ的に逞《たくま》しくした特注だった。この試作品は以前吉岡から送られてきて、永貴がクライアントに見せて確認し、今度は見本となるべく再び吉岡の元に戻ってきたというわけだ。

脚を目の高さに掲げ、片目を瞑《つむ》ってバランスを見ながら、吉岡が聞く。

「これ、かなりムキムキだからスタンド太くしないとならないし、そしたらその分スタンド目立つけど、堂上さんはオッケーなんだよね？」

「はい。『目立つのは承知してるけど、できるだけ目立たないように頼む』と」

「あーもう、矛盾もいいとこ。相変わらずだな」

口唇を尖《とが》らせた吉岡に、理は思わず口許を綻《ほころ》ばせた。くるくる変わる表情が可愛くて、周囲から隠してばかりの自分もこんなふうに素直に感情を出せたら、もうちょっと違った人生だったかなと思ってしまうのだ。

「羽根くんも大変だよね、アレにこき使われて」

「こき使……別に、そんなわけじゃ」

慌てて首を振り、あの渋面の永貴相手でもアレ呼ばわりで遠慮しない吉岡に尋ねる。

「吉岡さん、堂上さんとも付き合い長いんですか」

「うん。まあ長いっていっても、俺が入社してからだからその程度だけど」

そう言って、吉岡は遠くを見るような目で懐かしそうに続けた。

「堂上さん、もともとここにいたんだよね。ほら、檜皮デザインが分社化する前。全部ここが拠点になってて、デザイン部は隣の事務所に入ってたから」

隣接する建物の方向を目で示し、吉岡は手持ち無沙汰《ぶさた》に仕様書の入った封筒を閉じたり開いたりしながら言う。

「堂上さんの力で、デザイン部が独立したようなもんなんだ」

「そうなんですか?」

「うん。ほら、不況でさ……マネキンのシェアはうちがトップだし、製作部はそれほど影響なかったけど、デザイン部はね。ディスプレイ外注に出すとお金かかるし、経費削減で自社でやるところが増える一方だったんだよねー」

その辺の事情は、以前販売員だった理もよく知るところだった。何を隠そう、テナントとしてデパートに入っていた専門店で、日々マネキンに服を着せていたのは理自身だ。入社したときからディスプレイは販売員がやる決まりだったので何も疑問に思わなかったが、契約社員として檜皮デザインで働くようになって、ディスプレイを外注に出している専門店があったことを初めて知ったくらいだった。

「堂上さん、普段がさつなのに仕事になると細かいよねー。こっちにも毎日のように顔出してて、俺なんか新人だったのに何回も何回もやり直しさせられた。分社化してあっち行ってくれて本当によかった。本人たまにしか来ないし、代わりにお使い頼まれる羽根くんは正反対で超マイルドだし」

「マイルド……。堂上さん、職人肌ですよね」

「うん。そういうとこが取引先には好評だったみたい。不況になっても堂上さんの担当の仕事先はあんまり切るとこがなくって、そのうち口コミで逆に仕事増えたり」

「……」

「団塊の世代のオッサンには、あの融通の利《き》かなさが何故か頼もしく見えるらしいよ。だからうちの社長も堂上さんはお気に入り」

「なんか、わかる気がします」

「でしょ。だから堂上さんがその気になれば、人事も経理も思いのままだろうな～。悪代官顔だけど現場バカなのがよかったよ、あんなのが経営に回ったら会社が壊れる」

笑い話で落とした吉岡に噴き出して——理はふと、目を瞬《しばたた》かせる。

契約社員となって、早二年。一向に正社員の話が出ないのは、やはり永貴にまだだと思われているからなのだろう。今の吉岡の話が本当なら、きっと推薦してくれるだろうから。

頑張らなくちゃ、と自分に活を入れ、理は吉岡に丁寧に礼を告げると、都内に戻るべく工房をあとにしたのだった。

＊

「それ、もう少し上げて」

「はい。……これくらいですか？」

「もっと。もっと上げて」

「わかりました。……あ、ここまでしか届きません。ここが限界です」

指示に従ってコードの長さを調節していた同僚の言葉に、永貴が小さく舌打ちする。隣で資材を押さえつつはらはらしながら見守っていた理も肩を落とし、そっと永貴の様子を窺った。

ステージから下りた江崎が、コンテを指しながら説明する。

「コンテどおりにするなら、この辺でいったん切ってコード継ぎ足さないと無理かも」

「……。テーブルの方を上げるのは？」

「やってみます」

永貴が切り口を変えたのに、理はすぐに作業に取り掛かった。シンプルなコンソールテーブルをぶつけないようにそろそろと上げ、ステージ全体のバランスを見ている永貴と江崎を振り返る。

今日の現場は、永貴にしては珍しく時間が押していた。といっても彼のせいではなく、事前に渡されていた図面と実際の現場が少し違っていたのが原因だ。

ビルを大々的に改装し、その一階に入る専門店のディスプレイなのだが、改装工事中に建築法に抵触している部分が見つかり、それによって当初の設計から若干の変更が出たらしい。しかし、その連絡が檜皮デザイン側に届いておらず、実際に作業してみるとあちこちで不具合が出てしまったのだった。

先方は連絡に不手際があったことを平身低頭に詫《わ》びていた。ステージの面積や通りに面するガラスの大きさが変わるわけではないからと、担当者がさほど重要視しなかったために忘れてしまったようだ。しかし、外寸やステージ面積は変わりなかったものの、天井の高さが五十センチも低くなっていた。当初は図面になかった梁《はり》を通したためで、そのせいで用意していったポールがつっかえたり、天井から下げる予定のものがすべて長さ調節が必要になったりと、散々なことになってしまっている。

「どうですか？」

重さを堪《こら》えながら理が聞くと、しばし腕組みをして眺めていた永貴はやがて首を振った。

「駄目だ、下が空いて間抜けになる」

「……やっぱり無理でしたか」

落胆したが、理は表情に出ないように気をつけつつテーブルを元に戻した。ものを動かすだけの自分より、苦労の末せっかく描いたコンテの通りにならない永貴の方が歯痒い思いをしているだろう。静かにステージから下りると、理はちらりと腕時計を見る。

時刻は深夜一時を回ったところだった。予定では一時間前に終わっているはずなのに、この調子ではまだかかりそうだ。

理の動きを見たらしく、永貴が思い出したように言った。

「長坂が担当してる渋谷の現場って明日だっけ？　明後日《あさって》？」

「明日、というか今日です」

「今日か……何時から？」

「午前六時だよ、最悪だな」

江崎が答えたのに、永貴はため息をつくと頭に巻いていたタオルを取った。それから声を張り上げる。

「渋谷の現場に行く予定の奴は？」

わらわらと集まってきたのは、三人だった。下っ端の理も、当然明日の現場予定が入っている。今夜は総勢七名の作業なので、過半数の四名が翌日の作業を控えているということだ。

「江崎と、あと近藤《こんどう》だけが入ってないのか」

一瞬顔を顰《しか》めた永貴だが、すぐにいつもの表情になると、淡々と言った。

「渋谷に行く奴は、もう上がっていい。帰って仮眠取って、遅れないようにしろ」

「でも」

「いい。今日はもう駄目だ。最低限の体裁だけ整えて、明日の晩までに練り直して修正する。それ以外にできないから」

チーフとして苦渋の決断をした永貴が言うのに、全員の表情が沈んだ。確かに、ここで何人も作業していても仕方がない。普段は各自割り振られた仕事を黙々とこなすだけなのだが、今夜は一つトラブルがあるたびに永貴の指示待ちになるので、手持ち無沙汰になっている者が多いのだ。

「悪いけど、空いた段ボールの片づけだけしてってくれ。纏めておくだけでいい。車は残しといてもらわないと駄目だから、各自タクシー使って帰って」

「……はい。すみません」

「謝らなくていい、しょうがない。あとは俺と江崎、近藤の三人いりゃ充分だから」

てきぱきと指示を出す永貴の横で、理も諦《あきら》めた。足下に散らばっている緩衝材を集め、空いた段ボール箱に放り込む。

そのとき、一緒にゴミ拾いをしている近藤が咳《せき》をしているのに気づき、理は手を止めた。

そういえば、今夜作業を始めたときから顔色が悪い気がしていた。

再び手を動かしつつ、理は小声で尋ねる。

「近藤さん、調子悪いんですか」

「んー…ちょっと。ま、これ終わったらあとは休みだし、一日寝てれば治る」

気にしないでと気丈に笑顔を見せた近藤に、理は少し考えたあと、躊躇《ためら》いがちに口を開いた。

「もしよかったら、代わります。近藤さんはみんなと一緒に帰ってください」

「えっ？　だけど、羽根くん数時間後に渋谷じゃないの？」

「大丈夫です。現場はアパートから乗り換えなしで行けるので。……僕だと近藤さんの代わりは務まらないかもしれないので、堂上さんに聞いてから……」

近藤は正社員で、理は契約だ。キャリアも違いすぎるので差し出がましいと思いつつ控えめに言うと、近藤はしばらく迷った素振りを見せたあと、本当にいいのかと確認してきた。

見た目以上に体調が思わしくないらしい。

「ちょっと待っててくださいね、堂上さんに聞いてきます」

小さな笑みを向け、理は手早く持っていたゴミを段ボール箱に押し込むと、コンテを広げて江崎と喋っている永貴に近づいた。会話が途切れたところを見計らい、声をかける。

「堂上さん」

残り組の近藤が風邪を引いているようなので自分が代わって残ってもいいかと聞くと、永貴は一瞬驚いた顔をしたものの、すぐに応えた。

「羽根、渋谷の面子《メンツ》に入ってんだろ」

「いいんです。アパートから現場まで近いし、もし徹夜になっても体質的に平気な方ですから。ここから行きます」

まだ考えあぐねているような表情の永貴に、理は言い募る。

「それに、仕事早く覚えたいんです。たくさん現場を経験すれば、それだけ早く身につきそうだし」

すべて、理の本心だった。近藤が心配なのも本当だし、早く仕事を覚えて少しでも正社員に近づきたいのも嘘《うそ》ではない。

永貴はしばらく理の顔を眺めたあと、口唇の端だけを小さく上げて笑った。

「現場で、絶対に睡眠不足でぼんやりしないんだな?」

「大丈夫です」

「そう。じゃあ、近藤の代わりに残って」

「はい!」

スタミナ切れは起こさないというアピールのつもりで普段より大きめの声で返事をした理は、次の瞬間、永貴が腕を伸ばして髪をくしゃくしゃと乱暴に撫《な》でたのにびっくりした。反射的に身体を緊張させた理に気づき、永貴がすぐに手を引っ込める。

「悪ぃ、手が汚れてたか」

「い……いえ」

首を振ったが、心臓はうるさいほどばくばくと脈打っていた。尊敬しているが怖い上司から撫でられて、驚かないわけがない。

永貴の表情を窺うと、向こうもばつが悪そうだった。先ほどは手が汚れていたと言ったが、実際に資材を動かす理たちと違い、司令塔である永貴はさほど指先が汚れるわけではない。彼が部下を鼓舞するために軽く背中や腰を叩くところは時おり見るが、誰かの頭を撫でているところなど見たことがなかったので、おそらく永貴自身もらしからぬ自分の行動を自省しているのではないかと感じた。

驚いたのは事実だが不快だったわけではもちろんないので、理は交代を認めてくれた永貴にありがとうございますと礼を言い、持ち場に戻って近藤に伝える。

「ごめん、今度何か奢《おご》るから」

「いえ、気にしないでください。僕も経験積ませてもらえるし、よかったです」

しきりに恐縮する近藤に首を振り、理はあらかた片づけを終えると、帰っていく面々を見送った。

　四人が去ると、現場には立ち会っている先方の担当者が二人と、あと檜皮デザインの三人だけになる。

「――さて、やるか」

　呟いた永貴に理が頷くと、ちらりと挑発的な目を向けられた。

「言ったからには、最後までへばるなよ」

「はい！」

　大きく頷いた理は、永貴が口許に微かな笑みを浮かべたのに目を瞠る。

　仕事中の永貴はいつも険しい顔をしていて、真剣そのものの様相は近寄りがたいほど怖いときもあり、いつも緊張感を強《し》いられる。こんなふうに現場で笑いかけられたことは数えるほどしかないので、そのたびに驚いてしまうのだった。

　大丈夫です、と控えめに笑みを返した理の横で、江崎がため息混じりにぼやく。

「ま、この状況じゃ何人もいたって無駄なのは事実だけどさ……ほんとにどうにかなるの、これ」

　先が見えないと言いたげに江崎は頭を振ったが、理はなんとなくどうにかなりそうな気がしていた。

　先ほどの永貴は、今夜は最低限の体裁だけを整えると言っていたけれど、たぶん、『最低限の体裁』とはとても思えないように何とかするのではないかという確信があった。

——永貴がチーフだった現場で中途半端な出来だったことなど、これまで一度もなかったのだから。


作業が終わったのは、明け方の三時だった。予定どおりにならないところがあった上、その場で代替案を出しても資材や器材に限度があって対応できるものも限られるという、厳しい現場となってしまった。それでも、一時はどうなることかと思った理をいい意味で裏切り、完成したディスプレイは惚《ほ》れ惚れしてしまうほどの出来だった。

理がもうこのままでいいのではないかと思うような出来栄えだったが、永貴はやはり不満が残ったようだ。確かに、結果的にコンテとは大幅に変わったから、彼にしてみれば納得できないのだろう。帰宅したあと少し寝て、練り直すと言っていた。今晩、再びここに来て手直しする気らしい。

「あ、羽根さん、もういいです。あとはこちらで」

纏めた段ボールを括《くく》ろうとしていると、先方の担当者にすかさず取り上げられてしまった。図面にミスがあったせいで先方は終始平身低頭で、スーツ姿にもかかわらず作業を手伝ってくれた上、ゴミ処理もやってくれるつもりのようだ。

責任感が強くいつもなら後片づけまでうるさい永貴だが、今夜は違っていた。ディスプレイ周りを掃いたり、ガムテープの跡などを取ったりするのはきっちりやったが、通常なら持ち帰るゴミは全部相手に任せることにしたようだ。

永貴や江崎と一緒に駐車場に向かった理は、助手席に乗れと言われて申し訳ない気分で謝る。

「すみません、疲れているのに運転……」

運転手役はいつも下っ端社員の役目で、永貴や江崎がハンドルを握ることはない。本来ならば契約社員とは言え理が運転手役を務めるべきなのだが、理は免許を持っていないのだ。

「いい、たまには運転しないと忘れそうだ」

あっさりと言って、永貴は運転席に乗り込んだ。セカンドの江崎ではなくチーフの永貴が運転席に座ったのは、江崎があまりにも眠そうだったせいだろう。

しかし、恩着せがましくない言い方に感謝したとき、今にも目を瞑ってしまいそうだった江崎が急に横から口を出してくる。

「羽根くんにはずいぶん甘い言葉だなー。俺んときは、免許取らないと現場に連れてかないなんて言い放ったくせに」

「うるせぇな。年下ならともかく、同年代の男に甘くする必要がどこにあるんだ」

「ふーん?」

意味ありげな声で相槌を打ち、首を少し傾げた江崎は、次に理を振り返ると小さく笑った。苦虫を噛み潰したような顔のままシートベルトを引き出している永貴と、さっさと後部シートに潜り込んだ江崎を見比べ、理は何か言うべきかと戸惑う。

この場を取り繕うにも上手い言葉が見つからずに困っている理に気づき、永貴はばつが悪そうに二、三度かぶりを振ると「早くベルト締めろ」と理に促した。

「なんだかな。こういうこともあるっちゃあるけど、しばらくは勘弁って感じの現場だったな」

雰囲気を変えるようにまったく繋《つな》がりのないことをため息混じりにぼやき、永貴は頭に巻いていたタオルを取った。変なふうになっている髪を手でざっと直したあと、エンジンをかける。

ゆっくり駐車場を出て、さすがに閑散とした深夜三時過ぎの都内の道路を走りながら、永貴は後部シートで目を閉じている江崎に言った。

「今晩、来られるか?」

「……嫌って言えんの?」

「ははっ、じゃあよろしく」

今にも舟を漕《こ》ぎそうな声が心配になり、理が助手席から首を捻《ね》じ曲げて後ろを見ると、江崎はその辺にあったタオルを顔にかけていた。家に着くまでの僅かな間でも、寝ていたいようだ。

ちらりと運転席を窺うと、永貴は平然と運転していた。ダウン寸前の江崎と違い、まだ元気が残っているらしい。仕事に関しては精力的だと知っていたが、予想以上にタフだ。

永貴は三十分ほど車を走らせたあと、細い路地を幾つか曲がり、やがてとあるマンションの前で停まった。ここが江崎の住処《すみか》らしい。「起こしてやって」と言われ、理はいったん助手席を降りると、後部座席のスライドドアを開けながら声をかける。

「江崎さん、着きました。――江崎さん」

呼んだだけでは起きなかったので、やや遠慮がちに膝に手を置くと、江崎がようやく起きた。理の顔を見て一瞬驚いたように目を瞠り、それから周囲を見回して状況を理解したあと、大欠伸《おおあくび》とともに車を降りる。

「サンキュ。堂上、じゃあまた今晩」

「あぁ」

「羽根くんもお疲れ。やっぱ若いね」

しゃきっとしている理に苦笑混じりに言い、江崎はエントランスに向かった。いつもは飄《ひょう》飄《ひょう》とした色男も、今夜ばかりは少しくたびれて見える。

労《いたわ》りの眼差しで江崎の姿が消えるまで見送っていた理は、車に乗ったままの永貴に声をかけられて振り返った。

「乗って」

「はい」

大人しく再び助手席に乗り込むと、永貴がシャツの胸ポケットを探りながら「いい？」と尋ねてきた。頷いて、理は長い指が煙草《たばこ》を取り出すのを見つめる。

長いけれど細くはない永貴の指先は、少し汚れていた。ずっと現場で作業していたのだから、当たり前だ。煙を吐き出す永貴の隣で視線を落とし、自分の指先を見ると、指示がメインだった永貴と違い力作業が大半だったために彼以上に汚れている。

黒ずんだ指先を見ていると、ふと焦燥感が込み上げてきた。

一生懸命やっているつもりだけれど、まだまだ正社員にはなれそうもない。それどころか、契約をいつ切られるとも知れない身だ。このままではいけないという焦りが、常に胸の奥で渦巻いている。

今の仕事は、気に入っている。下っ端の力仕事しかさせてもらえないが、事あるごとに永貴がアドバイスをくれたり教えてくれたりするせいで、知識がだんだん増えているのを実感している。いつか正社員に採用されたいと願い、そのときは契約時代に培った経験と知識で頑張りたいと思っているから、心折れたりなどはしていない。

それでも、不安が勝るのだ。

自分がどうしてそこまで正社員にこだわるのか、理自身がいちばんよく理解していた。同性しか好きになれない。だから結婚もしないし、家族はこの先も増えることがない。一人で生きていくしか道はないから、しっかりと自立して食べるに困らないようにしたい。養う妻子を持たないなら、逆に一生契約社員や派遣でもいいのではないかという考えがあることも知っていたが、そこまで開き直る度胸はなかった。

「……か？」

「え？」

物思いに耽っていた理は、不意に話しかけられて我に返った。すみませんと謝ると、永貴は気を害したふうでもなく、もう一度繰り返す。

「アパート、どこ？　学芸大学の辺だっけ」

「そうです」

頷いて、理は内心で驚いた。どこに住んでいるかなんて仕事中に話題に出たこともないので、よく知っていたなとびっくりしてしまったのだった。

ハンドルを繰りながら煙草を吹かしている永貴に、理は首を振る。

「でも、いいです。どこか渋谷の近くで降ろしてもらえたら」

「渋谷？」

「はい。今からアパート帰っても、一時間くらいしか仮眠取れないし……。寝坊したら大変なので、現場近くのネットカフェとかで時間潰します」

「……。まぁ、学芸大の辺りじゃなぁ」

車内のデジタル時計を見て顔を顰め、永貴はしばらく運転した。やがて煙草が短くなると、据え付けのアッシュトレイに押し潰す。

分岐点で、神奈川方面の左ではなく右に曲がった永貴は、事もなげに言った。

「お前、腹減ってない？」

「え……？　そ——れは、確かに減ってますけど」

「じゃ、メシ食おうか。俺腹減って死にそう」

帰らなくていいなら時間あるだろと呟いた永貴に、理は目を瞬かせた。ずっと現場で作業していて空腹なのは確かだろうが、帰り際にコンビニなどで調達した方が早いし楽なのは間違いない。これから寝ないで時間を潰すと言った後輩に、永貴が付き合ってくれるつもりだということは明白だ。

「堂上さん、いいです。これからコンテ練り直して、今夜またあの現場に行かれるんですよね。早く帰って寝てください」

しかし、とんでもないと言った理に、永貴は肩を竦《すく》める。

「こんなに腹が減ってちゃ眠れねぇよ」

「それは……そうかもしれませんけど」

「いいじゃないか、どうせ数時間空いてるんだろ？　付き合えよ」

そんな言い方をした永貴に、理はしばし躊躇《ちゅうちょ》したあと、頷いた。返事がないことは承知の上で、ありがとうございますと小さく感謝を伝える。

ふと、これが江崎の言う「甘い言葉」なのだろうかと思った。人が気を遣わないような言い回しをする人だと思っていたが、自分以外の人間には江崎にするように直球で話しているのなら、まだまだひ弱な新人と思われているからだと反省する。

永貴はしばらく車を動かしたあと、駐車場のあるファミリーレストランに入った。二十四時間営業の店は、自分たちのように中途半端な時間を持て余した人間が結構いるのか、駐車場がそこそこ埋まっている。

「いらっしゃいませ。お二人様ですね。禁煙と喫煙、どちらになさいますか」

ドアを開けてすぐにやってきた店員が尋ねたのに、永貴が理を振り返った。さっき車の中で吸っていたのに、律儀に確認してくるところがなんだか可笑《おか》しくて、理は喫煙席でお願いしますと店員に伝える。

適当な食事を頼んだあと、理はテーブルの端にある灰皿を引き寄せると、永貴の前に滑らせた。

「どうぞ」

理が言うと、永貴は手慣れた仕種《しぐさ》で煙草に火をつけ、言った。

「羽根は吸わないのか」

「はい」

「吸ったこともない？　一度も？」

「はい」

頷いた理に、永貴はつまらなそうな顔で煙草を吹かす。

「最近の若い奴は健康志向だよな……まぁ、吸ってたっていいことないか。身体には悪いし匂いはつくし、金もかかるし――最近は吸える場所自体がないし」

最後は拗《す》ねたように言う永貴に、理は口許を綻ばせた。こんなふうに喋《しゃべ》るところなど見たことがないと思い、そういえば永貴と仕事が絡まない場所で話したことなどなかったことに気づく。

「そこまで言うのに、どうして堂上さんは吸い続けてるんですか？」

仕事中だったら絶対にできないだろう、ちょっと意地の悪い質問をしてしまったのは、現場のぴりぴりしたムードのない彼に親しみやすさのようなものを感じてしまったからだ。

仕事をしているときの永貴は本当に怖くて、理はいつも緊張していた。もちろん、嫌いだとか苦手だという感情はなく、むしろ尊敬する上司ではあるのだが、とてもプライベートな話をしたりできる相手には思えなかったのだ。

中途半端な時間を持て余した自分にこうして付き合ってくれる優しいところがあることも、

知らなかった。

理の問いに、永貴はしばし天井を見上げて考えていたあと、口を開く。

「なんでだろうな。でも……やめようと思ったことはないな。仕事のパートナーみたいなもんか」

「パートナー？」

「あぁ。ちょっと詰まったりしたとき、一服すると打開策が見つけられたりするから。そうだな……、例えば、描いた絵になんか違和感があるとするだろ？　でも、色彩も配置も別に引っかかるものはなくて、ただ全体を見たとき据わりが悪いっていうか。そういうとき、いったん離れて一本吸うんだ。吸ってる間は絵のことは考えないで」

「はい」

「で、吸い終わって深呼吸して、それから改めて見てみると、どこが変なのかぱっと直感で見つけられることが多くてさ」

そう言って、永貴は少し照れたように笑った。害とわかっていながらやめられない、自制心の弱い自分を恥ずかしがっているような笑みだ。

それなりの時間を一緒に働いてきたけれど、初めて見る表情だった。

こんな顔もする人だったなんて知らなかったと思ったとき、ぎこちなかった距離感が消え失《う》せていく気がした。幾分緊張が和らぎ、話しかける。

「堂上さん、本当に仕事好きなんですね」

「そりゃな」

あっさりと頷き、永貴は短くなった煙草を灰皿に潰した。それと同時に店員がやってきて、食事を並べてくれた。手を合わせ、カトラリーを取る。

もともと口数の少ない理を慮《おもんぱか》ったのか、永貴は食事をしながら当たり障りのない口調で話し出した。

「もともとディスプレイが好きで、そっちの専門学校出たんだ。ただ、今みたいな仕事を中心にできるとは思ってなかった。俺はディスプレイの主役であるマネキンに興味があって檜皮製作所に就職したし、営業に回された時点で一体でも多く契約取ろうとしてたから」

「……営業だったんですか」

「あぁ。都内のデパートやアパレル会社、ジュエリーショップ、靴屋、果ては美容院まで回った」

懐かしそうに喋る永貴の話は意外なもので、理は目を丸くした。そんな理に、永貴はのんびりした口調で続ける。

「ずっと不況だからな、レンタル契約切ろうとするところが多くて。顧客に切られないようにしながら新規開拓しないとならなくて、あちこち回った。そんなとき、ある顧客から『フロア面積が縮小されて、マネキンを借りても飾る場所がない』と言われて、搬入ついでにディスプレイまでやったんだ。狭い場所でもこんなふうにしたらどうですか、って」

「それって、すごいですよね。ディスプレイって、構成考えてから設置するまで結構時間かかるのに」

「でもない。俺がそのときやったディスプレイは、デザイナーが金もらって時間使ってやるようなもんじゃなかったから。その場で、そこにあるものを使ってちょっと作った程度。もちろんサービスで、規定のマネキンレンタル料のみでディスプレイ考案料や設置代は一切請求しなかった。駄目元でそれくらいしないと、契約続けてもらえそうもなかったしな。ところが、その即席ディスプレイを案外気に入ってもらえたんだよ。次回もやってくれるならレンタル続けるって言ってもらえて――古い顧客だったから、良心的だった。次回からはきちんと、かかった時間分の色をつけて払ってくれたから」

「……」

「どうやら需要があるようだってわかったんで、外回りする前にある程度の考案作ってから行くようになった。うちのマネキン使ってこんなディスプレイどうですか、ってあちこち売り込みに回ったな。……俺も専門出たって程度でまだ金取れるレベルじゃなかったし、向こうもこれまで自分たちでやってたディスプレイに金払うって感覚がなかったから、覚悟の無料奉仕。逆に、サービスでやってる設営に時間がかかるとクレームつけられたり、約束では一箇所だったのについでにこっちもやってくれなんて当日いきなり言われたり」

「それでも地道に続けて、それでデザイン部ができたんですね……」

「そう。事情を知ったうちの社長が、ディスプレイに特化した部署を立ち上げた。チーム作って、勉強しなおして、それなりの仕事する代わりに報酬もきちんともらおうと」

思いもしない話の数々を、理は真剣に聞いた。永貴の営業時代なんて、現在現場でチーフとしてディスプレイを手がけているときの彼の姿からは、ちょっと想像できない。最初からこういう仕事をしていたのではなく、営業として頑張った先で今の彼があったなんて。

ところが、理の表情で違うことを思ったのか、永貴は憮然《ぶぜん》とした表情になった。

「俺だって、営業時代は頭下げてたぜ。最近来た羽根は怒鳴ってるところしか見たことないだろうけどな」

「ち、違います。そういう意味で驚いてたんじゃなくて……、会社ができるまでにそんなことがあったんだなと思って」

しどろもどろで首を振った理をしばらく見つめ、やがて永貴が苦笑する。その表情に、本気で気分を害したのではなく、ちょっと揶揄《からか》っただけなのだとわかり、理は熱くなった頬を手の甲で押さえた。

厳しい一面ばかり見ていたが、プライベートでは案外そうでもないらしい。そう思い、理はふと目を瞬かせる。昨夜《ゆうべ》からの現場で、永貴が一度も、ミスをした相手にクレームをつけなかったことに気づいたからだった。

図面が違っていたと詫びられたとき、最初に一言「そりゃ困ったな」と言っただけで、どうしてそうなったのかや誰の責任なのかなど、追及は一切していない。作業中も、これ見よがしにため息をついたり何度も時間を確認して押していることを匂わせたりというような、嫌みな行動はなかった。

一つだけ、小さな釘を刺したのは、最後の後片づけだろうか。いつもの永貴なら絶対に、ゴミ一つなく綺麗に片づけてからでないと撤収宣言しないのだ。最低限のことだけやって、あとは先方に任せたというのが、ささやかな抗議だったのかもしれない。

「……堂上さん、今日、向こうの方に怒らなかったですね」

理が小さく言うと、永貴は大雑把な仕種で食事をしながら肩を竦める。

「怒って、それで図面どおりに現場が直るなら言うけどよ。あそこで言ったってしょうがないだろ。話が違うって現場放り出して帰るわけにもいかないし」

落とし前は向こうの社内でつけるだろ、と締め括った永貴に、理は口許を微かに綻ばせた。

理を含め、自社の人間がミスをしたら容赦なく叱り飛ばす永貴だが、相手が取引先の社員ならそういうわけにもいかない。職人肌だとばかり思っていたけれど、それなりのバランス感覚はあるのだと、改めて感じた。

「でも、なんとか夜明けまでに終わってよかったです」

理が言うと、永貴は気のない声で首を振る。

「今夜やり直しだ」

「先方はあれで充分だって言ってましたけど……江崎さんも、トラブルがあったとは思えないって」

いつもは辛口コメントの多い江崎も文句のつけようがなかったようだと言った理に、永貴はとんでもないと首を振った。

「江崎が何も言わなかったのは、出来がよかったからじゃねぇよ。早く帰りたかったから、それだけ。ステージ中央でテーブルが引っくり返っていたって、これで充分だって言ったに決まってる」

「そんな、まさか」

「いや、俺にはわかる。付き合い長いからな」

永貴がしたり顔で言ったときに視線が合い、ほぼ同時に笑顔になってしまった。冗談を言うこともあるのだと、また一つ意外な一面を知った。

次の現場までの、中途半端な待ち時間。思わぬ相手と時間潰しをすることになってしまったけれど、新発見の連続で退屈なんかしなかった。

向かい合わせで、時間を気にすることなくゆっくりと食べながら、普段は口数の少ない理も、自分から話を切り出した。上司の意外な素顔に驚いたからでもあるし、実になる話をもっと聞きたいからでもあった。

「江崎さんも、もともと営業だったんですか？」

「いや、あいつは経理畑。コストダウン意識して経費削減するのが上手いから、デザイン部が分社化するときに来てもらったんだよ」

「来てもらった……、すごいですね。堂上さんがメンバー選べたなんて」

「選べたってほどじゃない。ただ、分社化が決まったときに社長に意見求められて、経理はできれば江崎がいいって希望を出したんだ。ところが江崎の奴、本当はデザインに興味があったとか言い出して、経理じゃなくて現場に来ちまった」

「え……？」

「ま、社内の経費削減じゃなくてクライアントとの価格交渉に能力発揮してるからいいけど。実はインテリアデザイナーの資格持ってるって聞いたときは、詐欺だと思った。なんで経理がインテリアデザイナーの資格なんか取ってんだよと」

「……っ」

思わず噴き出した理に、永貴は肩を竦めつつ言う。

「やっぱり、こういう仕事を選ぶ奴は基本的に好きなんだろうな。俺然《しか》り、江崎然り」

そこでふと真面目《まじめ》な顔で見つめられ、理は無意識のうちに姿勢を正した。手にしていたカトラリーを置き、やや上目遣いに永貴の視線を受け止める。

じっとしている理に、永貴が口を開いた。

「羽根も、以前はアパレル業界で働いていたんだっけ。……なんで辞めたんだ」

「それは……」

口唇を舐《な》め、理は小さく深呼吸する。

応募時に履歴書を提出するとき、以前の勤務先をどうしようかとても迷った。もし退職の理由を知られれば、一巻の終わりだ。

当初は職歴にアルバイトだけ記入して再就職先を探し続けたが、フリーターは敬遠されるのか、なかなか採ってもらえなかった。悩んで、迷った末に前職を履歴書に書いて――ようやく契約社員で決まったのが檜皮デザインだった。

早鐘《はやがね》を打ち出した鼓動を宥《なだ》め、なるべく落ち着いた声になるように注意して、理は普段の口調で話す。

「……接客仕事が、あまり向いていなくて」

「……ふぅん」

「コーディネートを考えたり、流行に触れたりするのはとても楽しかったんですけど、ノルマ達成するためにお客さんに売り込むのは上手くなかったんです」

面接で述べたときとまったく同じ台詞を口にし、理はグラスに入った水を飲む。

似たような業種に再就職した以上、不規則な勤務体制や立ち仕事で腰を痛めたなどの理由は通用しない。これが、二度目の就職活動をする上で必死に考えた理由だった。

永貴は深く突っ込まず、そうかと言っただけだった。ノルマの厳しさはわかると同意され、嘘をついた罪悪感で胸の奥が燻《くすぶ》った。

時間が来るまで、永貴は付き合ってくれた。今手がけている現場についてやディスプレイのコツなど、仕事についてもいろいろ教えてくれて、理にとってはとても有意義な時間となった。何より、連続して現場に向かう自分を労《ねぎら》い、永貴がこうして時間を割いてくれたことが嬉しかった。

店を出るとき、永貴は財布を出そうとした理を制し、二人分払ってくれた。

「ご馳走さまでした。……すみません。お疲れのところ付き合ってもらって、しかも食事代まで」

申し訳ない気分で礼を言う理に、永貴は僅かに目を眇《すが》めた。

「もっと高い店ならともかく、こんなとこで恐縮されても。そもそも、最後まで残ってくれた礼のつもりだった」

「堂上さん」

「まぁ……この程度で礼、っていうのもな」

二十四時間営業の、安さが売りのファミリーレストラン。双方とも過剰に礼を言ったり言われたりするものでもないとあっさり流した永貴の台詞は、やはり江崎の言う『甘い言葉』だった。

そろそろ明け始めた都会の空を見上げ、永貴が言う。

「さて、行くか。現場は……青山だっけ」

「ここでいいです、地下鉄ですぐなので。堂上さんは早く帰って寝てください」

「遠慮すんな。どっちみち、俺もいったん会社戻るし。車置いてかないと」

社用車だから会社の駐車場に返すというのはわかるのだが、今の台詞でなんとなく想像できてしまった。たぶん、帰ると言いながらそうしないのではないだろうか。ちょっと事務所を覗《のぞ》いて、そうしたら仕事が気になって、今夜やり直すというディスプレイを捻《ひね》り出すべく没頭するに違いない。

おそらく、会議室かどこかで適当に仮眠を取って、また夜に件《くだん》の現場に行くのだろう。仕事に関しては一切の妥協を許さない、部下に言う以上のことを率先してやる――永貴のスタンスは、ともに働き始めてからというもの嫌というほど知っていた。

先を歩く広い背中が頼もしく見え、思わず目を瞬かせたとき、永貴が唐突に振り返る。反射的に身構えた理の表情を眺め、永貴は珍しく少し視線を彷徨《さまよ》わせたあと、困ったように笑った。

「なんだか意外だった。俺、羽根に好かれてないと思ってた」

和やかな雰囲気で食事ができたことをそんなふうに言った永貴に、理は慌てて首を振る。

確かに怖いと思っていることは否めないが、言いかえれば上司として絶対の信頼を置いているということで、好いていないなどというわけでは決してない。しかも、今夜二人で食事をしたことで知らなかった一面が見られ、彼にも苦しい下積み時代があったことに親近感さえ抱《いだ》いたところだ。

「そんなことないです」

「どうかな」

笑顔のまま首を傾げた永貴はいつもとギャップがありすぎてなんだか可愛く見え、理は戸惑ってしまった。

驚いた理由はもう一つ、永貴が自分からどう思われているか気にしているらしいと知ったことだ。職人肌で頑固な彼だから自分に確固たる信念があって、他人からの評価は気にも留めていないのではないかと思っていた。

「本当です。好かれてないなんて、そんな」

「わかったわかった」

とりなす理に苦笑いしながら手を振って制し、永貴は車に乗り込んで口を開く。

「完徹で次の現場に行く羽根には、今度まともなもん奢ってやるよ」

「え……？」

驚いて問い返したが、永貴は繰り返して言わなかった。エンジンをかけ、ギアを入れると、ファミリーレストランの駐車場を出る。

運転席でハンドルを繰る横顔を眺め、理は少し落ち着かない気分だった。

今日のような二人きりの食事は、もうないと思っていたけれど、もしもう一度誘われても行きたいと思う。

それきり会話は途絶え、現場に着くまで車内はカーステレオから流れるラジオの音楽だけが流れていたが、不快ではなくむしろ落ち着いた雰囲気に満たされていた。

普段の自分とは少し違う日常に、ふと昔のことを思い出す。

「……」

膝の上でそっと拳《こぶし》を握り、理は夜明けとともに変化していく車窓の景色を見るふりをして、運転席の永貴から顔を背けた。

恋人と二人きりで食事をして、二人きりで帰路を辿《たど》る——初めての恋に夢中で、これ以上に幸せな時間はないと感じていたあの頃が、ずいぶん遠くに感じられた。

＊＊＊

三年前の五月、就職してしばらく経《た》った頃、理は初めての恋に落ちた。

前の職場だったアパレル業界で、上司だった男。上司とはいえ向こうは本社勤務、理はデパートの専門店で販売員として働いていた。仕事で月に一度店を訪れる彼と、最初はただの事務的な話をするだけだったのに、気づけば好きになっていた。

樽田《たるだ》というその男は、理より二十近く年上だった。父親という年齢ではなかったし、デスクワークとはいえ業界特有の自由人っぽい雰囲気を纏った樽田は実年齢よりも若い見た目をしていたが、落ち着いた大人の雰囲気に父性を感じたのは否めない。最初はこっそり慕っているだけだったが、あるとき食事に誘われたのだった。

向かい合って食事をして、仕事を離れた他愛ない話をするのが楽しくて。そして、どんどん惹《ひ》かれていった。

思春期の頃に異性に恋愛感情を持てなかった理は、早い段階から自分の性指向を自覚していた。もともと大人しい性格で目立たなかったし、同級生や同じ学校の先輩後輩に心を寄せることもなかったから、周囲にはばれなかったと思っている。十代の理が惹かれるのはいつも、歳の離れた男性教師や、よく同じ車両に乗り合わせる四十代ほどのサラリーマンだった。

イレギュラーな性指向を誰かに打ち明ける勇気があるはずもなく、特に父親がいないことで年上の男に惹かれるようになったのかと母親に悩まれるのは想像しただけで苦しくて、絶対に誰にも悟られないよう、息を潜めて慎重に暮らしてきた。

高校を卒業したあと、家計の苦しさや末っ子を手放す母親の寂しさを知りつつも東京の大学に進学を決めたのは、隠し続けるつらさに限界を感じていたからだ。

就職活動中も相変わらずの不況で、やっと決まったのがアパレル業界だった。経理や総務などの内勤を希望したが配属先は販売で、内気な性格から接客業に慣れるまでに時間がかかり、最初のうちは戸惑いの連続。それでも、既婚かどうかが殆ど問題視されない自由な雰囲気の職場は、理にとって嬉しい誤算だった。

　地元の母親が亡くなったのは、不況の折に自分を採用してくれた会社に感謝し、これから頑張って働いていこうと思った矢先のことだ。

　社会人一年目という若さで両親がいなくなり、姉も所帯を持っているので、理はいっそう、一人で生きていかなければならないと強く思うようになった。大学進学と同時に一人暮らしを始めたから家事全般はできていたし、堅実な性格からきちんとした生活も送っていたし、仕事も一生懸命やった。

けれど、傍《はた》から見れば初々《ういうい》しくも充実した暮らしの中で、ふと寂しくなる瞬間があったのは否めない。

　同性にしか恋をできないと自覚したときから一人で生きる覚悟はできていたはずなのに、いざ本当に一人になってしまうと、万が一のときに頼れる場所もないという不安が付きまとった。そんな理にとって、ときどき食事に連れ出しては豊富な話題で楽しませてくれる樽田はとても大切な相手で、気づけばすっかり夢中になっていた。

　社会人一年目、二十二歳――樽田は、多感な思春期から同性愛指向のためにいつも片想いだった理にできた、初めての恋人だった。ひっそりと好意を抱いていた頃は、まさかこんなふうにデートを重ねたりキスをしたりする仲になれるなんて想像したこともなく、初めての恋に有頂天になってしまった。

大人の恋人は、すぐに手を出してこなかった。理の慎重な性格を早々に見抜き、初めて抱かれたのは二人きりで食事に行くようになってから二ヵ月ほどした頃だ。その余裕にますます惹かれ、初心《うぶ》な理が恋にどっぷり溺《おぼ》れるまでにそう時間はかからなかった。

そんな日がしばらく続いて——いつもどおりの平日の午前、店舗で働いていた理に樽田から電話がかかってきたのは、初めて朝帰りをした日から一週間後のことだった。

『悪いんだけど、坂田《さかた》コーポレーションに伝票切ってくれないかな』

一週間前のことを思い出すと声を聞いただけで鼓動が落ち着かなくなったが、理はあえて平静を装った。職場にいるという自制心がそうさせたのだが、社内恋愛をしている実感が込み上げてきて、隠すことに愚かな喜びを感じていたのも事実だ。

『伝票——ですか?』

『そう。渋谷店の締め切り金額はもう出てるけど、それ以外にもう一枚、切ってほしいんだ』

続けて述べられた金額をメモに取りながら、何か漏れがあったのだろうかと心配していると、樽田は安心させるように言った。

『本社分で、漏れが見つかったんだよ。ただ本社は昨日の午後三時にもう締め切ってるし、追加で伝票切ると報告書出さないとならないんだ。渋谷の締め切りは今日の午前中だから、まだ間に合う。先方には話をしてあるから、渋谷の分は渋谷の口座に、本社の分は本社の口座に振り込んでもらう手はずなんだ。だから、追加の伝票だけさっきの金額で切って、僕宛てに社内便で送ってくれないかな』

『わかりました』

そういうことかと合点がいって、理は笑顔で了承した。月末の締め切りは通常の営業に棚卸が重なって慌しく、店舗でもいつもミスが出ないかひやひやしている。本社も同様で、煩雑な業務を一気に処理するうち漏れてしまったのだろう。

各店舗で支払いが発生するものは、基本的に本社に回している。切った伝票を月末にまとめて本社まで社内便で転送し、本社が一括で請求書を発行するのだ。

こんな裏技があったのかと感心しつつ、頼られたことに幸せも感じていた。言われたとおり、樽田の指定した名目で追加伝票を切り、社内便で送った。

そしてその日の晩、理は樽田に呼び出されて食事をした。かなり値の張るレストランで恐縮したが、助かったよ、これはほんのお礼だからと言われ嬉しかった。翌日はお互い仕事だからと泊まりはしなかったが、帰るまでに少し辺りを散策して、気紛れで入ったタワービルからの夜景の美しさは心に鮮明に焼き付けられたのだった。

人目を忍ぶ密やかな恋は、一年近く続いた。土日が休みの樽田と違い、理は不規則なシフトだったのでなかなか時間は合わなかったが、三日に一度は電話をしたし、月に何度かは食事もして、一度だけ、樽田の運転する車で伊豆まで一泊旅行に行ったりもした。

年上の恋人は、恋愛初心者の理にとって申し分のない相手だった。包容力があり、内向的な理ですら付き合い始めてから半年もすると、ぽつぽつと相談事を寄せるようになったほど。

厳しいノルマをクリアするにはどうすればいいか、困った客にはどのように対応すればいいか。樽田は些細《ささい》な悩みを笑うことなく、いつも年長者の視線で、アドバイスをくれたものだ。

若い頃は理と同じように店舗で販売員として働き、その後現場を離れて本社の経理課に配属された樽田は、店舗の基本的な業務からそれらを統括する本社の仕事内容まで、すべてにおいて明るかった。何でも知っている人だと理はますます恋心を募らせ、それからも何度か本社分の伝票を追加で切るよう依頼されても、何か疑問に思ったり疑ったりしたことなど一度としてなかった。

一度として——そう、あの日、本社から呼び出しがあるまでは。

渋谷店の店長とともに呼び出された理は、驚愕《きょうがく》の事実を知ることとなったのだ。

『今日、坂田コーポレーションから請求内容への問い合わせがあった』

『当社との取引は基本的に銀行振込のはずだが、現金決済しているものが何件かあると』

最初は何を言われているのかわからなかった。一緒に呼び出された渋谷店の若い店長も、事前に何も聞かされていなかったらしく不安げな顔で、ただ落ち着きなく佇《たたず》んでいるだけだった。

　戸惑う二人を前に壮年の事業部長はため息をつき、何枚かのコピー用紙を取り出した。

『三ヵ月に一度ほど、羽根くんの名前で切ってある伝票、これは何？』――。

　話が今ひとつ呑み込めていなかった理は、そこでようやく、自分が横領しているのではないかと疑われているのだと理解した。しかし、急なことで頭が真っ白になり、また先方が頭から理を疑っていたこともあって、口を開くのが一瞬遅れた。その遅れが、すべてを決してしまった。

　一年弱の間、頻度は約三ヵ月に一度。樽田から頼まれて理が切った伝票の金額は、すべて本社の口座に入っていなかった。坂田コーポレーションの記録では現金決済になっていたそうだが、こちら側に入金の記録は一切ないとのことだ。

　樽田が理の伝票を使って架空の請求書を発行し、坂田コーポレーションの中の通じている人間に現金決済分として処理させていたのだろう。どちらが持ちかけた話かは知る由もないが、不正に得た金を二人で分けていたのは想像に容易《たやす》い。

　発覚のきっかけは、坂田コーポレーションで社員の使い込みがあったためらしい。それがおそらく樽田と通じていた人物で、当人は危険をいち早く察知したのか既《すで》に退職して連絡が取れなくなっているとのことだった。その後社内調査で該当の人物が処理していた経理を洗っているうち、実際の取り引きが確認できない不正な請求書が発見され、なぜ現金決済をしているのか問い合わせを入れたためにK'Sも知るところとなった。

話をするまで、本社は慎重に調査していたようだった。理路整然とした説明は、皮肉なことに、すっかり動揺している理の頭にもちゃんとわかるように届いた。

一連の話を聞いたとき、理はショックのあまり言葉もなかった。ただ呆然《ぼうぜん》と、その場に立ち尽くすことしかできなかったのだ。

＊＊＊

約束の木曜日、理は六本木のRホテルのロビーで所在なげに佇んでいた。時間を守る性質《たち》だから、余裕を見てアパートを出てきたのだが、少し早く来すぎてしまった。

それにしても……と小さく息をつき、理は携帯電話を開く。

——今週の木曜日、午後六時半。Rホテルのロビーで。

一昨日《おととい》永貴から来たメールをまじまじと眺め、内心で首を捻った。どうしてここに呼ばれたのか、全然わからない。

二週間前、ファミリーレストランで二人だけの慰労会をしたとき永貴が言った、次はもっといいところに連れて行ってやるという台詞が耳許を過《よぎ》る。

確かに、その気がまったくない社交辞令ではなかっただろう。でも、一応あの日時間潰しに付き合ってくれたことで充分だし、実際に誘ってくれるにしてもせいぜい小洒落たレストランだと思っていたので、今日の指定場所には驚きを隠せなかった。

もしかすると、今日のこれは先日のご褒美でも何でもなく、仕事が関係しているのだろうか。ホテルのブライダルコーナーやヘアサロンにはマネキンがディスプレイしてあることも珍しくないため、そんなことも考えてしまう。

重厚なカーペット、天井から下がるシャンデリア。落ち着かない気分で周囲を見回し、目を伏せる。ここに到着してから、もう何度も繰り返している仕種。

このホテルは、忘れたくても忘れられないホテルだった。三年前、かつての恋人に誘われて初めて足を踏み入れた場所だ。

当時は竣工直後で、とても話題に上ったスポットだった。レストランで向かい合って食事をし、予約していたという部屋に入った。

初めて、外泊した日。予約を取るのが大変だったんだと言ったときの彼のそつのない笑顔も、自分のためにこんな場所を頑張って予約してくれたのだと喜んでしまったあのときの自分の気持ちも、昨日のことのように思い出せる。

「――悪い、待たせたな」

突然の声に我に返った理は、はっと顔を上げた。しかし、永貴の声がしたと思うのだが、姿が見当たらない。

きょろきょろしていると、背中を軽く叩かれる。

「あ……」

「どこ見てんだよ。こっち」

ぶっきらぼうに言われ、理はうっすらと頬を上気させた。恥ずかしい。

ただ、すぐに気づかなかったのは永貴にも一因があると思うのだ。いつものシャツやジーンズといった恰好ではなく、ネクタイこそしていないもののスーツ姿の永貴を見て、理は目を瞬かせる。

場所を指定された段階で、理も品のいいシャツに麻のパンツを穿いてきた。しかし、自分と同様永貴も普段仕事で目にする服装で来るとは思っていなかったから、いつもと雰囲気ががらりと違うことに少し驚いてしまった。

背が高く、堂々とした佇まいの永貴は、何人もの人が行き交うホテルのロビーでも独特の存在感がある。

現場での薄いTシャツは、力仕事も楽々とこなす逞しい体軀をはっきりと感じさせるが、今夜のスーツはそのワイルドさを心持ち柔らかいものに変えている。妥協を許さない鋭い眼差しはそのままなのに、職人気質の厳しさが目立つ仕事中と違い、今夜は隙《すき》のない知性を感じさせた。いつもはタオルを巻いている頭も、今日は当然きちんとしていた。とはいえ、セットしているのではなく癖に任せて自然に流しているだけだが、仕事中のタオル姿が焼きついている理の目には、とても綺麗にしているように映る。

スーツ姿だが、会社員といった風情ではない。彼の職業を知らない人にしてみれば、会社員らしからぬ雰囲気とスーツに違和感を覚えるのだろう。けれど、そのアンバランスさが逆に目を引くのも事実で、傍《かたわ》らを通り過ぎる際にちらりと投げられる視線は、揶揄ではなく興味だった。

限りなく黒に近いチャコルグレーのスーツに、どんなタイだったら合うだろうかと色を考えていた理は、内心で頭を振った。コーディネートに頭を悩ませていた、昔の悪い癖だ。

ぴしっと決めていないからこそ、今の永貴が魅力的なのは間違いない。手を加えればいくらでもドレスアップさせることはできるが、彼の醸し出す雰囲気が損なわれてしまう。

「行こう」

促すために背中に添えられた手は本当にさり気ないものだったが、どきっとした。しかし、なぜかと思う間もなく手は離れ、理は広い背中についていく。

ホテル内にレストランがあまりないことから予想はしていたが――永貴が足を止めたのは、以前恋人と食事をしたイタリアンリストランテだった。飲食店を展開していないジュエリーメーカーがプロデュースしたことで、開店当初はちょっとした話題になった店だ。

「いらっしゃいませ」

「堂上です」

「少々お待ちください。……ご予約ありがとうございました。どうぞご案内いたします」

店の入り口のコンソールテーブルで予約を確認した店員は、二人を壁際の席に案内してくれた。きびきびした所作でメニューとワインリストを差し出し、テーブルのリザーブ札を取ると、代わりにグラスに入ったキャンドルに火を点《とも》す。

小さな炎だが、それだけでふっとテーブルが華やかなムードになり、高級感を齎《もたら》した。少し考えて天井を見上げた理は、所々にアクリル板が嵌め込まれているのに気づく。

各テーブルの真上に設《しつら》えられた板が、蠟燭《ろうそく》の炎の揺らめきを、真っ白いテーブルクロスにまるで波のように投影していた。

「ワインは適当に頼んでも？」

「はい。……あ、でも僕はあまり飲めません」

理の返事を聞き、永貴はハーフボトルをオーダーした。それから一言断り、ガラスの小さな灰皿を引き寄せる。

店員がいなくなると、テーブルには沈黙が降りた。

永貴はのんびり煙草を吸っている。おそらく、吸い終わる頃にちょうどワインが来るのだろう。けれど喫煙の習慣のない理は手持ち無沙汰だった。ことさら丁寧にナプキンを取り、膝の上に広げる。

社会人になるまで交際経験のなかった理は、デートシーンによく使われる高級レストランに行った経験がなかった。マナーを教えてくれたのは、かつての恋人だ。

三年前は、緊張して内装を見るどころではなかった。理の瞳に映っていたのは年上の男ただ一人で、気になっていることもたった一つ、向かいに座る彼に自分がどのように見えているかだけだった。

感傷的になっている自分に気づき、理はふと自嘲《じちょう》めいた笑みを口許に刻む。

こんな場所にいるからだ。

どうして、ほかの店ではなかったのだろう。そう思うと、事情を知るはずもない永貴は何も悪くないとはいえ、少し恨んでしまう。

しかし、当時を思い出しかけて睫毛を伏せた理に、永貴は短くなった煙草を灰皿に押し潰しながら、普段の口調で話し出した。

「ここはうちがデザインを手がけた店なんだ」

思わぬ台詞に目を瞠った理に、永貴が続ける。

「最初はマネキンを扱う仕事だけだったが、今はそうじゃない。こういうレストランや香水専門店、食器専門店みたいに、マネキンを使わない店舗のデザインをすることもある。ここはうちがコンペで取ったんじゃなく、先方からオファーがあった。メジャースポットになるのはわかりきっていたから、打診があったときは社内で色めきたったもんだ」

「そうだったんですね……！　知りませんでした」

「まぁ、メインで名前が出るのはもちろん例のジュエリーメーカーだからな。向こうは飲食店の設計のイロハがないから、具体的なイメージだけ伝えてきて、それをうちと設計会社ですり合わせてデザインしたってこと。あと、先方のイメージはメインは決まってるものの厨房との繋ぎやライティングなんかがいい加減だったから、メイン以外はうちで向こうのイメージに近くなるようにアイディアを出した。このフロアのうち、エントランスと天井、あと……あのミラーの辺りがうちのオリジナルのデザイン。部分的過ぎて、当時手がけたメンバーの中でもあんまり話に出ないけど」

苦笑した永貴は、理が手にしたメニューを目で示した。

「コースでいいいな？　右側のやつ」

「……はい」

やや強引な確認に、理は思わず噴き出してしまった。見慣れないスーツ姿に、いつもと雰囲気が違うと思っていたが、やっぱり永貴だ。ちらりと見ると、どうして笑ったのかわかったらしい永貴が憮然としていて、悪いと思いながらも肩が震えてしまう。

理がメニューを閉じたとき、音もなく静かに店員がやってきた。店員の気配はまったく感じなかったが、様子をずっと見ていたようだ。

ノータイでも入れる、それほど格式ばった店ではないが、やはり都内の一等地に建つホテルにテナントを構えている店だけあって、店員はみんなよく教育されていた。オーダーを聞くと頷き、一礼して去っていく。

ワインのデキャンタが来ると、二人で乾杯した。ただ、グラスを触れ合わせるようなものではなく、「お疲れさん」と僅かにグラスを掲げた永貴に理が倣《なら》っただけだ。ほんのひと口含んだだけの理と違い、永貴は一気に半分ほど飲んでしまう。

打ち上げなどで彼が酒に強いことは知っていたが、最初のペースとオーダーしたワインの量が見合っていない気がして理が内心で首を捻っていると、思ったことがわかったのか永貴が憮然と言った。

「こういう店、苦手なんだよ。窮屈で」

「えっ」

堂々とした素振りから慣れているのだろうと思ったので、驚いた。ほぼ同時に、胸にちらりと不可解なものが走る。

苦手なのに、わざわざ連れて来てくれたのはどうしてなんだろう――。

「羽根がうちに来て、もう二年……くらいか。早いものだな」

困惑している理に気づかないらしく、永貴は世間話をするような軽い口調で呟いた。小さく会釈《えしゃく》し、皆さんがよくしてくださるから続けることができましたと礼を言うと、永貴は遠くを見るような眼差しで懐かしそうに言う。

「うちに来たばかりの頃は、今に輪をかけて無表情だったな。動くマネキンかと思うほどだった」

「……動く、……」

「大人しいし、重いものが持てなさそうな細い身体してるし。いつまで勤めてくれんのかと江崎と賭《か》けてた」

そうだったのかと、理はうっすらと首筋を染めた。確かに痩《や》せ気味だという自覚はあるが、まさかそんなことを思われていたとは夢にも思わなかった。

「何を賭けたんですか?」

「飲み代一ヵ月分」

「それで……どっちが勝ったんですか?」

「俺」

あっさり言って、それから永貴は意味深な眼差しで理を眺める。

「江崎は半年もたないって言って、俺はずっと残ると言った」

「――…」

「羽根なら、残ると思った」

小さく、けれどきっぱりと。彼が断言する根拠は、当の本人である理にもわからなかった。

確かに自分の性格や今の状況を考えると、契約を切られない限りはどんなにきつくても勤め続けたいと願っているが、はたして永貴がその気持ちを知っているかと思えば疑問符がついた。

——堂上さん、羽根くんには厳しいね～。

——羽根くんにはずいぶん甘い言葉だな。

先日言われた台詞が耳許を過る。相反する二つの言葉が、こちらを見つめる永貴の柄にもない優しい眼差しに溶けていく。

見込みがあると思ってくれているのだとしたら、こんなに心強いことはない。

「……頑張ります」

胸がいっぱいで、理はそう応えるだけで精一杯だった。とても嬉しかった。

食事が終わり、レストランを出ると、永貴は一杯飲まないかと誘ってきた。理は頷いて、大人しくホテル内のバーに向かう永貴についていった。


向かい合わせだったレストランと違い、止まり木に並んで座るといっそう距離が近づいた気がした。この前ファミリーレストランで夜明けまで付き合ってくれたときをきっかけに、自分たちの関係が少し親しげなものになった実感がある。これまでの二年間はずっと現場で仕事の話を少しするだけだったから、なんだか不思議な気分だった。

「さっきメシ食った店——あんな仕事を、もっと増やしたい」

「マネキンを使わない……ってことですか？」

「いや、マネキンは使っても使わなくてもどっちでもいい。決められたブースやステージのディスプレイだけじゃなくて、内装も含めてトータルでデザインするような、そんな仕事を増やしたいんだ」

どこか遠いところを見るような眼差しで、永貴は言葉を紡ぐ。

「見る人が思わず立ち止まるような、中に入ってみたくなるような、そんなデザイン。空間の配分も、照明も全部一から手がけて……もちろんディスプレイを含めた全部」

「大きな仕事ですね」

「アパレルの仕事を請けて、表通りに面したショーウィンドウにそこの服をメインで飾って通り行く人の目と足を止める、そういう仕事も確かに面白いよ。限られたスペースと枠の中でどうやって興味を引くディスプレイが作れるか、って。でも、そのブランドの美意識や意図を酌《く》みとって、フロア全体をデザインするような仕事をもっと増やしたい」

熱っぽく語る永貴の横顔をそっと見つめ、理は薄いグラスに口をつけた。永貴は厳しくて、はっきり物を言う人で、優しげな雰囲気の人間が好きな理にとってどちらかというと苦手なタイプだったが、二年間一緒に仕事をしてきて最初の印象はずいぶん変わった。特に、ここ最近は彼の新たな面を知ることが多く、とっつきにくかった上司は今や尊敬すべき先輩と言うべき存在になっている。

けれど——彼が自分をどういう存在として見ているのか、それはわからなかった。

職場の仲間だが、向こうは正社員でこちらは契約社員。年齢も違えばキャリアはもっと差があって、同僚というには微妙すぎる。仕事で熱心に指導されるのは納得できても、こうして勤務時間外にも一緒に過ごす間柄とは思えない。こんなふうに食事をして、二人きりでバーで飲んで。

「一から作っていくんだ。売り手の意識が買い手に伝わるように、その意識に共感する買い手がここで扱っているアイテムが欲しいと思うように、隅々まで意匠を凝らして」

気づけば話の内容も、いつしか仕事というより夢物語になっていた。もちろん永貴の夢は仕事の延長線上にあり、聞いているだけで理にも勉強になるものだったが、自分よりもっと相応しい話し相手がいるのではないかと思うのも事実だ。

まだまだ経験不足の理は聞くだけで精一杯で、気の利いた相槌を打つことも、永貴の語る夢を膨らませることもできない。あの職場には、相応の知識や経験があり永貴の話に乗れる人間がたくさんいる。

今夜、どうして自分が呼ばれたのだろう……と思った理は、ふと頬に視線を感じて顔を上げた。見れば、永貴がじっと見つめていた。

澄んだ眸《ひとみ》に見据えられ、無意識のうちに背筋が緊張する。

永貴のこんな眼差しは、初めて見るものだった。

どんな些細なミスも見逃さない、注意深く観察するような目は、仕事中に見るものと変わらない。けれど、黒い眸には仕事中には決してなかった含みがあった。その含みが何なのか、言葉ではとうてい説明できそうになかったが、優しいとも感慨深げともつかない深い色の眼差しが印象的だった。

「堂……」

言いかけて、なぜか声を発してはいけないタイミングのような気がして、理はすぐに口を噤《つぐ》んだ。意味深な眼差しをこれ以上見ていられなくなって、睫毛をやや伏せて視線をずらす。

しかし、自分が目を逸《そ》らしても、永貴が見つめたままなのはわかった。視線を注がれる頬が熱くなった気がして、彼の厳しい審美眼から顔を隠すように、火照《ほて》った頬に手の甲を当てて遮る。

自分たちを取り巻く空気が、急に濃くなった気がした。

確かに雰囲気はムードたっぷりだ。薄暗いバーの照明、静かなBGM、落ち着いた内装。でも、言葉では上手く表現できない、この微妙な変化の理由は、きっとそれだけじゃない。

「……悪い。酔ってるらしい」

情熱的に語ったことを苦笑いで消した永貴に、理は俯《うつむ》いたまま首を小さく振った。けれど、今の一言が彼にしては珍しく言い訳めいたものだったことに、胸の奥が潮騒のようにざわめく。

言い訳したということは、永貴も気がついているということだ。仕事の勉強のためだったはずが、いつしか逸脱していること。二人を包む空気が、同僚というには微妙なほど濃密なものに変化したことと——空気を変えたのはほかでもない、彼自身だということに。

奥手で、さほど場数を踏んでいない理ですら何か察知するような雰囲気が、今の永貴にはあった。

夢を語る口調や眼差しは、一介の仕事仲間に対するものではない気がした。甘く、それでいて緊張して落ち着かないこの雰囲気は、まるで……

「羽根のことは、可愛いと思ってるんだ。誰が見てなくても手を抜かないし、人があまりやりたがらない裏仕事も率先してやってるし。勉強熱心で、一生懸命で」

「……別に、そんな」

「謙遜しなくていい。俺はずっと見ていたから知ってる。ずっと——羽根がうちで働くようになってから」

台詞の最後は、なぜだか永貴らしからぬ歯切れの悪さがあった。けれど、それに気づく余裕は理には既になく、ただ瞬《まばた》きもせずに永貴を見つめることしかできなかった。

永貴はスツールを僅かに動かすと理に向き合った。真《ま》っ直《す》ぐな黒い眸で見つめ、口を開く。

「好きなんだ。これからは仕事だけじゃなくて、プライベートでも俺と過ごしてほしい」

「――……」

逃げ場のないストレートな告白に、理は口唇を震わせた。昨日まで、ただの上司だと思っていた男。

突然想いを告げられて――まず真っ先に頭に浮かんだのは、断ったらどうなるのだろうということだった。

彼のことは嫌いじゃない。でも、特別好きというわけでもない。上司としての意識が強すぎて、恋愛云々《うんぬん》を考えられる相手ではないのだ。一度も恋愛対象として見たことがなかった理由の一つに、思い描くタイプと正反対だったこともあった。

記憶も朧《おぼろ》げな父親の面影を無意識のうちに求めているのだとは思いたくなかったが、理が惹かれるのはいつも、自分の倍ほど歳の離れた優しげな男だった。高校時代は三十代後半の温和な担任に惹かれたし、大学時代はアルバイト先の四十代の店長に仄《ほの》かな想いを抱いた。どちらも淡い恋で、実際に告白したり付き合ったりということは決してなかったが、よく思われたい一心で勉強やアルバイトを励む理は可愛がられ、嬉しかった。社会人となり、できた初めての恋人も、四十五歳だった。

永貴は恋愛対象となるには若すぎたし、何よりぶっきらぼうでワイルドなイメージが理の求めるそれとはかけ離れている。一緒に働くようになって二年だが、近頃ようやく永貴の意外な一面に幾つか気づいたという程度で、そのプライベートはまったく知らないと言っても過言ではない。どこに住んでいるのかも、仕事を離れた趣味も、好きな食べ物も――理想の恋人像も。

固まっている理に、永貴は苦笑した。困ったなと言いたげに緩慢に首筋をさする姿に、乗り気でないことが婉曲に伝わってしまったのだろうと理は目を伏せる。

しかし、永貴は再び口を開くと、穏やかな声で告げた。

「もちろん、返事は今すぐじゃなくていい。でも今の俺の話は酔った上での戯言じゃない。それだけは誤解しないでくれ」

「……、……堂上さ……」

「真面目に言ってる。だから――いつか、羽根が答えを聞かせてくれたら。前向きな返事でも、そうじゃない返事でも」

永貴はそう言ったが、理の頭の中は真っ白だった。答えの期限が設けられない、いつでもいいという告白は、一見寛大だが残酷だ。イエスの返事でない限り、職場に居づらくなるに違いない。

もちろん、仕事とプライベートをきっちり分けている永貴は、理が断ったからといって職場から追い出すような暴挙は働かないだろう。ただ、上司からの告白を退けてなお同じ職場で働けるかどうかというのは別問題だ。

「ぼ……僕は、男ですから」

酔っているんですね、そういう台詞は女の子に言ってあげてください。冗談で流そうとしたが、咄嗟《とっさ》にアドリブの利く性格をしているはずもない理の声は震えていて、却《かえ》って真剣味が増す結果となった。

永貴は何もかも見抜きそうな深い眼差しで理を見据えたまま、落ち着いて応える。

「俺は性別は気にしない性質だ。――羽根も、そうだろう？」

はっきりと断言されて、隠していた性指向を感づかれているのだと悟った。恋愛対象に性別を問題視しない永貴だからこそ、同性しか好きになれないことを見抜いたのかもしれない。

告白から一連の流れが衝撃的すぎて、理はしばらく言葉を失っていた。

真っ先に頭に浮かんだのは、どうして、という思いだ。

狡《ずる》い。断れる状況じゃない。賢い永貴ならそれをわかっているはずなのに、どうして口にしたのか。

誰かと付き合う気は、当分なかった。ただ一生懸命仕事をしたいだけなのに。

けれど――。

ふっと脳裏に浮かんだのは、二年前の日々だった。

もう二度と味わいたくない、なかなか転職先が決まらなかった焦りの日々。ハローワークに通い詰め、数え切れないほどの履歴書を書いて、それでも実際に面接まで漕ぎつけるのはごく僅か。その面接ですら、手ごたえを感じても芳《かんば》しい返事がもらえることはなく、新卒ではない者の厳しさをまざまざと見せつけられた。

採用されないことで自分を否定されているような惨《みじ》めさも、目減りしていく貯金や公共料金の支払いも重く圧《の》し掛かった。ひと駅分の乗り換えは歩いて済ませるなど、面接に行く交通費すら倹約しながら、自分を採用してくれる会社をどうにかして見つけようともがいた毎日。

そんな日々を、また送らなければならないなら。

「……堂上さん……」

微かに震える口唇を舐めて、理は顔を上げた。こちらを見た永貴と目を合わせ、しばし見つめ合った。

上司としては、間違いなく尊敬している。妻帯者から身勝手な不倫を持ちかけられているのではなく、フリーの男から好意を伝えられている。自分にも恋人がいるわけではない。

「……」

そっと息をつき、理は小さく頷いた。

こちらを見つめる永貴の目が、僅かに見開かれた。微かとはいえ驚きの表情を見せられたことで、理は苦い笑みを思わず口許に刻んでいた。告白され、困っていたことなど、永貴はお見通しだったのだ。

一度だけ口唇を引き結び、理はかすれた声で告げる。

「堂上さんの気持ちは、嬉しいです。僕も、堂上さんのことを尊敬しています」

前向きな返事が来るとは予想していなかったらしい永貴が目を瞠り、ひどく嬉しそうな表情を一瞬だけ見せて、そしてすぐに注意深く理の真意を読み取ろうとするかのように目を細めた。好きという言葉がなかった今の返事を反芻《はんすう》しているのだとわかり、理は重ねて言った。

「お願いがあります」

「願い？」

「正社員に、なりたいんです」

さすがに、口にしたときは自己嫌悪でいっぱいになった。それでも、言葉を撤回することはできなかった。

同罪なのだ。

断る選択肢を選びにくくさせた彼も、こんなことを切り出す自分も。

「裏の力で採用してほしいなんて気持ちはないんです。でも、入社試験だけでも受けさせてもらえたら嬉しいんです」

「……」

「その結果不採用なら、契約社員のままでも……契約を切られても、仕方ないことだと諦める覚悟はできてます。でも、せめてチャンスが欲しいんです」

自分でもびっくりするほど、口調は淡々としていた。更新日が近づくたびに不安に駆られ、再び就職活動しなければならない恐怖に怯《おび》える毎日に慣れ過ぎているせいだろうかと、やけに冴《さ》えた頭の中でぼんやりと思う。

話を聞いてからもしばらく、永貴は呆然と理の顔を眺めていた。実際は短いのだろうが、永遠にも思える沈黙が流れ――やがて、永貴は何とも言えない侮蔑の色をその眸に浮かべた。

胸が痛んだが、理は開き直ってもいた。今の自分に、これ以外の道はない。二年間、一生懸命やってきた。与えられた仕事を全うしたいという責任感が原動力の大部分だが、いつか働きぶりを認めてもらえて正社員にしてくれたら、という願いが滲《にじ》んでいたことは否めない。

大きく息をついて、永貴が天井を見上げる。普段の表情とあまり変わらないため、何を思っているのか理にはわからなかったが、間違いなく怒っているだろうことは痛いほどわかっていた。三時間近くかけて和やかに育て上げた自分たち二人の空気が、今のたった数分のやり取りでひどく冷え切ってしまったのが肌で感じられる。

永貴が立ち上がったのは、もう今夜の話自体がなかったことにしようと言われるのではないかと理が思い始めた頃だった。

「出よう」

理を置き去りにすることなく声をかけて、永貴はチェックを済ませるとバーを出た。その背中を追い、理はシャツの袖《そで》部分を摑《つか》む。

振り返った永貴に、理は緊張に震えそうになる足を叱咤《しった》して、言った。

「部屋に行きましょう」

「……羽根」

「僕も、冗談で言ったんじゃないです。本気です」

「……」

苦渋の表情で見下ろされたが、理は必死だった。このまま話が終われば、何のために言ったのかわからない。答えを出すまで気まずい日々を送れば、いずれは退職しなければならないかもしれないと思って、言ったのだ。これでは同じこと。

シャツを摑む理の指を黙って見下ろし、永貴がそっと外そうとした。けれど、触れたせいで指が小刻みに震えていることに気づいたのだろう、動きが止まる。

「……」

しばし、見つめ合って――。

「……じゃあ、部屋を取ろう」

ひどく素《そ》っ気《け》ない永貴の声に、理は小さく頷いた。

バスローブ姿で所在なげに部屋をうろついて、それから理はベッドに座った。居心地が悪くて深く座れず、腰だけを引っかけるように浅く腰掛け、目を伏せる。

本当に、これでいいのだろうか。

自問しながらも、答えはわかっていた。いいはずなんてない。

胸に蘇《よみがえ》る、三年前の初体験の夜。あのときも今夜のように緊張していたけれど、迷いなどはなかった。微かな恐怖や不安はあれど、それを凌駕《りょうが》してあまりある期待に満ちていた。

今夜は違う。このまま進めば、きっと後悔するとわかっている。

「――…」

何かに追われるように立ち上がった理は、ちょうどバスルームから出てきた永貴の姿を見て立ち竦んだ。

一瞬だけ視線が交錯し――けれど、永貴はすぐに冷蔵庫に目を向けた。屈《かが》み込んで中を探りながら、気のない声で尋ねる。

「何か飲んだか？」

「……、いえ」

「ビール飲む？」

「……いいえ」

小さく応えた理に永貴はそうかと言っただけで、自分用に缶ビールを一本取り出した。プルタブを引き、立ったまま一気にあけてしまう。

落ち着かない気分でベッドに座り直し、一連の動作を見ていた理は、缶をその辺に置いた永貴が近づいてきたのに身体を竦ませた。永貴は理が座っているすぐ傍《そば》に手をつくと、しばらく顔を眺めていた。

そのまま沈黙が落ちる。

「あの、堂上さ……」

妙な沈黙に耐えきれずに先に口を開いた理は、堂上が頬に触れてきたのに不自然に言葉を途切れさせた。

じっと、見つめられる。今の迷いも不安も、何もかも見透かされているような気がして怖くなった。目を逸らそうとしたが、永貴の大きな掌にしっかり右頬を包み込まれ、叶わない。

仕事柄小さな傷が絶えず、力作業も難なく遂げてしまうその掌は、触れられると予想に違《たが》わずざらりとしていた。けれど、戸惑うほどあたたかかった。

「堂……」

今度は理が途中で口を噤んだのではなく、永貴のせいで遮られた。口唇を塞《ふさ》がれ、反射的にぎゅっと目を閉じる。

キスは本当に久しぶりで、自然と背中が緊張した。

最初は啄《つい》ばむようだった口づけは、だんだん大胆になっていった。下口唇だけを挟んで引っ張るようにされ、初めてのそんなキスに驚いて口が開いてしまった瞬間、隙を逃さず舌が

入り込んでくる。

冴えた室内の空気に、全身の肌がざっと粟立《あわだ》った。

永貴は充分口づけを堪能したあと、最後に一度啄ばむようなキスを残して、ゆっくり口唇を離した。至近距離から覗き込まれ、濡れた口唇に自然に視線が吸い寄せられる。

キスをした――二人目の男。一人目であるかつての恋人の顔が浮かぶことはなかったが、ただ怖かった。

今の自分がとんでもなく最低なことをしているのは、痛いほどわかっている。瞳を覗き込まれて、すぐに逸らしてしまうのがいい証拠だ。跳ねる鼓動も緊張感を煽《あお》るだけで、ときめきというには程遠い。

けれど……と、理は意を決してじっとこちらを見つめている永貴を見つめ返した。

心がないまま抱かれようとしている自分のことなど、永貴はすべて見透かしている。仕事中に垣間見る、あの鋭い眼差しであますところなく観察し、それでもと部屋に連れてきたに過ぎない。

圧し掛かってくる永貴の背中を抱き締め、理はその肩越しに見慣れない天井を見つめた。

「……っ」

耳の付け根に口唇を寄せられ、擽《くすぐ》ったさとは紙一重の何かが背中を駆け抜ける。薄く敏感な皮膚を辿る口唇は、意外にも柔らかかった。

ぴくっと身体が跳ねた隙に永貴の腕が背中とシーツの間に回され、引き寄せるように抱き締められる。

体勢を変えた際にはだけたのか、バスローブ越しではなく直接胸が触れ合った。同性特有の優しさのない硬い胸板に、頬が上気する。これは羞恥だけではなく興奮も混じっていることを、思春期からずっと自分の性指向に悩んできた理は自覚していた。

熱い胸、熱い鼓動。耳や首を這《は》い回る口唇もあたたかく、緊張していた身体が徐々に弛緩《しかん》していく。懐かしい——そして苦い気持ちを呼び覚ますその感覚に、胸が壊れそうなほど痛くなった。

仕事でいつも見てきた、武骨だけれど器用な指が、バスローブの紐《ひも》を引っ張る。これから脱がされるとわかっていながら固く結んでいたために、すぐに解《ほど》けることはなかったが、永貴は決して焦ったり無理に引っ張ったりしなかった。ほどなく結び目が解けても、すぐにバスローブを剝いだりせず、理の身体に纏わせたまま首筋への愛撫を続ける。

慣れているのだとわかり、逆に落ち着かなくなった。

これまで、付き合ったのは一人だけ。その一人とも、そんなに何度も同衾したわけではない。己の経験の浅さが露呈するようで、ひどく居たたまれなかった。

「……いいから、楽にしてな」

刹那《せつな》、こちらの考えていることなどわかっているとでも言いたげに囁《ささや》かれ、頬が熱くなった。あたたかい掌がバスローブの胸元から侵入してきて、薄い胸を撫でていく。

仕事柄だろう、永貴の指先は少しささくれ立っていた。少し気になって身を捩《よじ》ると、永貴はすぐに理の肌を触れるのをやめ、指先を口許に持っていく。

永貴の肉厚の口唇に吸い込まれていく指を見た瞬間、ずくんと下腹が疼《うず》いた。

わざと見せつけるように目の前で濡らされる指を見つめ、理は口唇を震わせた。ひどく淫《いん》靡《び》な光景は胸に巣食う不安とは裏腹に劣情を搔《か》き立て、自然に膝が戦慄《わなな》く。

息を潜めて指の行方《ゆくえ》を目で追っていた理は、たっぷりと濡らされた指が再び自分のバスローブの中に侵入してきたのにあえかな吐息を零《こぼ》した。濡れたせいで今度はささくれも気にならず、すぐに探り当てられた胸の尖《とが》りを押しつぶされるようにされて、反射的に鋭い声が上がる。

「あ、っ……っ」

首を擡《もた》げても、ぷつんと自己主張したささやかな突起がどのように弄られているのかはわからなかった。ただ、永貴の手が動くたびにバスローブの胸元の盛り上がりが形を変え、はっきりと見えないことでよけい想像が搔き立てられる。

こちらを覗き込んでくる永貴の眼差しが、ふっと和らいだ気がした。初心な反応を返したことが恥ずかしくて目を逸らしたかったが、できなかった。そのまま捕えられた獲物のように、だんだん近づいてくる顔を見つめ、やがて口唇が重なる。

「……、……」

瞼《まぶた》を閉じ、理は無意識のうちに永貴のバスローブを握り締めていた。

口の中を探られ、切羽詰まった吐息が口づけの合間から零れる。入り込んでくる舌は不快ではなく、むしろ性感を煽る巧みな動きにすぐに夢中になった。頭を抱え込まれ、歯並びを確認するように舌先で辿られて、鼻にかかった声がときおり漏れた。

甘えを帯びたそれを、もう恥ずかしいと思う余裕はなかった。胸を弄られるたび身体がひくひくと勝手に波打ち、そのたびに永貴が微かに笑う気配が重ねた口唇から伝わってくる。未熟な身体を揶揄《やゆ》されているのではないと思うのは、堪え切れず勝手に跳ねる身体を優しく宥《なだ》めるように抱き締めてくれたから。

優しく――そう、永貴は優しかった。

仕事中の鋭い眼差しや怒鳴り声からは想像もしなかった繊細な指先、苦しくなる一歩手前で引いていく舌。縋《すが》りついてもびくともしない逞しい腕は普段からよく知るものだったけれど、そのほかはすべてが意外だった。

軽蔑したであろう相手を抱くのにこんなに優しくできる彼が、不思議で仕方ない。そこまで好意を寄せられているのだろうかと思うと、自己嫌悪で胸が引き絞られるように疼く。自分のどこが、そこまで好かれるのかさっぱりわからない。

もっと乱暴にしてくれた方がいい。優しくされればされるだけ、罪悪感が膨れ上がる。

「――っ」

胸を弄っていた指がようやく離れたと思った次の瞬間、今度はその手がバスローブの裾《すそ》から侵入してきた。既に兆しかけていた徴《しるし》に触れられ、思わず口腔内で動く舌に歯を立ててしまう。

「ご、ごめんなさ……」

咄嗟に口づけをほどいた永貴に慌てて謝ると、小さな苦笑を返されただけだった。もう一度、吐息が触れそうな距離で目を覗き込まれ、たっぷりと口唇を塞がれる。長い睫毛を震わせ、下肢をいいように探られるまま、理はときおり走る鋭い快感に背中を波打たせた。

長いキスがようやく終わってほっとしたのも束の間、永貴の頭が下がっていく。すっかりはだけきったバスローブの合間に口づけられ、さっき散々指で押しつぶされた尖りに舌先を押し当てられた。反射的に永貴の頭を両手で押さえ込み、これ以上の蹂躙《じゅうりん》はやめてと訴えたが、逆に歯を立てられる。

「あ、あっ」

欲望を手で愛撫され、しどけなく開いたバスローブから覗く乳首は舌で苛《いじ》められた。両方から来る感覚は鋭すぎて、いつしか理は永貴の短い髪を指に絡ませ、必死で引き剝がそうとしていた。

叶わなかったのは、欲望を弄っていた手が離れ、その奥の狭間《はざま》に伸びたせいだ。

濡れた指は二、三度様子を窺うように入り口をつつき、それからゆっくりと中に入り込んでくる。

どうして指先が濡れているのか知っているだけに、羞恥で頭の中が焼け焦げそうだった。横向きになり、背中を丸めて強すぎる感覚を散らしたいのに、上体までがっちりと押さえ込まれていて無理だ。

「あ、ぅ」

感じる部分に中指の腹が引っ掛かったとき、思わず呻《うめ》き声が零れた。ウィークポイントを律儀に教えてしまったのだと気づいたのは、中を探っていた指がその一点に集中し出したからだ。僅かに膨らんだそこを指の腹で捏《こ》ねるようにされて、次々と奔放な声が口唇から溢れ出す。

「ぅふ……、んっ、……っ」

ぎゅっと瞼を閉じ、身体を中から調べられる感覚に耐える。せめて顔だけ横を向いて、傍にあった枕に押しつければ、甘ったれた嬌声は少し籠もって聞こえづらくなった。ほっとしたけれど、枕はすぐに容赦なく取り上げられ、上を向かされる。

伸び上がってきた永貴が首筋に口唇を寄せてきて、理はぞくぞくした快感に首を竦めた。髪の生え際を優しく口唇で辿ったあと、汗ばんだ首筋を肉厚の舌でざらりと舐められる。

喉の尖りをやんわりと食《は》まれたとき、反射的にそこを食い千切られそうな恐怖に身体が硬くなった。反動で、身体の中を弄る指をきつく締め上げてしまい、嬌声が零れる。

「あ、あっ」

小刻みに蠢《うごめ》く指に翻弄され、理はいつしか永貴の肩にしがみついていた。

弾む息、甘ったるい空気――この時間が、不意に怖くなる。

このままどうにかなってしまいそうで、ひどく惑乱した。永貴の愛撫は確かに優しかったが、それ以上に執拗《しつよう》で残酷だった。このままでいいはずなんかない、引き返すなら今しかない。頭の中はそのことでいっぱいなのに、感じる部分ばかりを攻められ、どんどん頭の中が靄《もや》がかったように何も考えられなくなって、与えられる刺激にだけ追われてしまう。

指を受け入れた部分がふっと綻んだのは、息も切れ切れになってきた頃だった。

懐かしい、久しぶりの感覚。そこを弄ったのは、永貴が二人目だ。でも、ここまで丁寧に愛撫されたのは初めてだった。

節のはっきりした指が動くたび、自分の中の粘膜が絡むように吸いつくのがわかる。顔を真っ赤にして、理は何度もかぶりを振った。セックスは初めてじゃないのに、こんな反応を返した記憶はなく、このまま抱かれたらどうなってしまうのだろうと怖くなる。

「も……ぁ、……ん、っ、――っ」

柔らかくなったそこに、永貴は少しずつ指を増やして寛げていった。指に纏わりつく襞《ひだ》を広げるように指を捻り、屹立《きつりつ》した欲望にも指を絡める。たっぷりと口唇を塞がれ、口腔内を

余すところなく舐められて、ふと、仕事中の彼と同じだと思った。

大胆なくせに、繊細。思い切った仕掛けをするかと思えば、細かいところまで気を配る。

息苦しくなる前に口唇を離し、遂情してしまう寸前で愛撫を緩めて、経験の浅い理はただ覆い被《かぶ》さっている逞しい肩にしがみつくことしかできなかった。全身に汗が浮かび、膝が戦慄く。

「あ、ぅや……」

長い甘い責め苦のあと、指が引き抜かれた。逃がしたくないと言わんばかりに巻きつく襞から強引に抜かれたせいで、ぞくっとするほどの濃い快感が背骨に沿って駆け上がる。

指の代わりにぴったりとそこに宛《あて》がわれたものに、理は潤んだ目で永貴を見上げた。

「……楽にしてな」

もう一度、低い声で優しく囁かれて、夢中で頷く。こうなった経緯を思えばもっとひどくしてもいいはずなのに、永貴はとてもゆっくりと身体を進めてきた。押し込まれるたびどうしても喉が反ってしまう理を抱き締め、宥めるように背中をさする。

「ん……、ぅ」

「力入れるなよ」

「……、あ……ぁ」

小さい子をあやすように言って、永貴は理の眉間《みけん》に口づけた。身体に力が入っているために眉が寄っているのだとわかり、理は意識して浅い呼吸を繰り返しながら、熱く大きな塊《かたまり》が自分の身体を拓《ひら》いていくリアルな感触を味わう。

ぴったりと、最奥まで挿入されて――至近距離で見つめ合ったあと、どちらからともなく口唇が重なった。

「ん、んっ、ふ」

小さく身体を揺さぶられ、キスされているせいでくぐもった喘《あえ》ぎ声を零しながら、理は肩に回した腕で永貴を引き寄せた。泣きたいほどの気分だった。

初めてではないが、年齢にしては未熟な身体だと、永貴は気づいたに違いない。その証拠に、優しいセックスだった。大胆に攻略しながらも、理が快感より羞恥を強くしてしまわないよう、過度に卑猥な体勢は取らせない。最初の晩から自分の欲望に奉仕させることもなかった。

条件付きでセックスに応じたのだからと、もっと容赦なく相手をさせられると覚悟していたからこそ、胸に後味の悪いものが広がる。後ろめたい、その罪悪感が胸を軋《きし》ませ、理は今の自分の表情が見えないように永貴の肩口に額を押し当てた。

「あんっ、ぁ、んっ、はぅ……っ」

逞しい腕の中で煩悶し、混濁した頭の中で思う。こんなに優しくしてくれなくていい。もっとぞんざいに、永貴がいいように抱いてくれたら。

そうでないと、言い訳も開き直りもできなくなる。

「ん、ぅん、あ、……っ、ぁ」

「……痛い？」

「……、んん」

きちんと声にならなかったので、理は首を振ることで答えた。しばらく間隔があいていたせいで鈍かった身体は、今やすっかり過敏になっていた。こちらの反応を見ながら徐々に動きを強くしていく永貴に口づけられ、どちらのものとも知れない唾液を呑み込みながら、こんなディープなキスはしたことがなかったとぼんやり思う。

永貴とのセックスは、ひどく生々しく、そして熱かった。

身体を弄る掌の温度と、重なり合う胸から響く速い鼓動。混濁していく意識の中で、妙に現実的なそれらが焼きついた。抱き合い、何度目かわからないほどの口づけを交わし、やがて舌先まで痺《しび》れるほどの体感に酔う。

「あ、あんっ、あ――、ッは、ぅ」

すべてを支配する大きな塊に奥まで愛され、声がどんどん溢れてきた。

耳許で聞こえる弾んだ呼吸に煽られて身体を震わせた瞬間、永貴が呻く。ほぼ同時に硬く勃《た》ち上がったまま震えていた欲望を握り締められ、理もすべてを吐き出した。

しばし、部屋に互いの荒い息遣いが流れ、やがて永貴が力を抜いた。あまり体重がかからないようにしながら、抱き締めてくる。

久しぶりの交歓がきつかったのはわかっていたらしく、優しい仕種で誉めるように頭を撫でられ、理は顔を覗き込まれる前にそっと目を閉じた。

永貴と過ごした夜は、理がこれまで体験したどのセックスよりも濃い悦《よろこ》びを与えてくれたけれど——ただ胸が痛くて、苦しかった。


——永貴は嘘をつかなかった。

一週間後、デスクで資料をファイリングしていた理は、総務に呼び出された。正社員として採用することを検討している、と切り出され、理にその気があるかどうか確認された。理の意志を確認すると、総務はすぐに具体的な話に入った。採用試験の時期、試験の大まかな傾向。最初は半信半疑だった理も話が終わる頃には夢ではないのだと信じられた。

出口の見えない迷路を延々と歩き続けるようだった、契約の日々。やっと根を下ろす場所が見つかったことが嬉しくて、理は総務の担当者に何度も礼を言った。絶対に入社試験に落ちてなるものかと決意し、これから試験日までの準備計画を頭に思い描いて……

けれど、夢だった正社員がようやく見えてきたのに、素直に喜ぶことはできなかった。

それが何故なのかわかっているだけ、後ろめたさでいっぱいだったのだ。

＊

新宿の地下街の一角で台車を押しながら、理は額に滲む汗をシャツの袖口で押さえた。もう夏も終わりに差し掛かり、陽《ひ》が沈むとやや過ごしやすい時期になったが、仕事中は身体を使っているせいでやはり暑い。

冬でもみんな汗が出ていたなと、契約社員になった当初のことをふと思い出し、理は口唇を引き結ぶ。

——永貴とひと晩過ごしたあの日から、二週間が過ぎていた。

セックスしたのは、あれきりだ。身体の芯《しん》から溶けてしまうのではないかと思うほどどろどろになるまで抱き合って、翌日からは一介の同僚に戻った。二人の間であの晩の話が出ることも、一度もない。

「……」

そう思い、理は落ちてきた前髪を払うように緩慢に首を振った。あの晩の話どころか、普通の会話自体が明らかに減った。仕事のやり取りはこれまでと変わらずしているが、それも必要最低限だ。

無理もないと独りごち、理は僅かに上り坂になっている通路を肩で息をしながら台車を駐車場まで押していく。

「これで終わり？」

「はい」

確認してきた江崎に頷き、理は台車に載せた器材をワゴンに積み込んだ。ほどなくしてほかの場所を片づけていた面子が次々と戻ってくる。

最後に永貴が現れ、理は心持ち目を伏せた。

「お疲れ」

頭のタオルを取って挨拶した永貴に、ほかのメンバーとともに頭を下げる。今日は珍しく午後五時に終了する現場だったので、現地解散となっていた。

理はもう少し事務所で仕事をしたかったので、駅に向かうメンバーと別れ、帰社組とともにワゴンに乗る。

フロアに入ってすぐ、理は内勤だった社員に声をかけられた。

「あぁ羽根、一時間ほど前に総務が探しに来た。七時まで待ってるから、もしそれまでに戻ってくるようだったら、総務課まで来てくれって」

「……、はい」

総務、という単語にどきっとした。反射的に永貴を目で探したが、事務所に戻ってすぐにどこかに行ってしまったらしく姿はなかった。

二階にある総務部に向かうと、すぐに総務課長が立ち上がった。本山の檜皮製作所と違い、檜皮デザインは規模が小さいので、総務課は文字通り何でも屋だ。人事も兼ねているので、話の内容は先日の入社テストに違いない。

「あ、忙しいところごめんね。えぇと……どっかその辺入ろうか」

契約社員として勤めていた二年間、いつもこの総務課長が契約更新の手続きを取っていたため、一緒に仕事をしたことはなくとも顔見知りだ。気さくな口調で適当な応接室に招かれ、理は汚れたTシャツにジーンズという自分の恰好を恥じた。今日呼ばれることがわかっていたら、着替えを持ってきた。

総務課長はまだ現場での汗が引いていない理にも気にしたふうでもなく、向かいの椅子を勧めると自分も腰を下ろす。

緊張した面持《おもも》ちで背筋を正している理に、総務課長は手にしていた一枚の紙を差し出した。

「羽根理くん、合格おめでとう」

「――……」

受け取って、理は口唇を震わせた。書類のいちばん上にしっかりと記された、『採用通知』の文字を穴が開くほど見つめる。

渇望していた正社員の職。二年もの間、努力も苦労もしたのになかなか実現しなかった望みは、たった一つの出来事であっさりと手に入った。たった一つ——人事にも口利きできる上司と、寝ることで。

「……ありがとう……ございました。これからもよろしくお願いいたします」

「こちらこそ。期待してます、頑張って」

立ち上がって頭を下げた理に、総務課長は笑顔だった。その笑顔が後ろめたかった。憧れの正社員になれたというのに後味は悪く、胸が痛い。

「そう緊張しないで、座って。えーっと、羽根くんはもういろいろわかってるだろうけど、社内規定とか一応説明させて」

コピー用紙を綴《と》じた規定を渡され、それからしばらく、理は総務課長の話を聞いた。

正社員として登録されるのは、来月初めから。社則では退職金は勤務五年目から支給されることになっているが、契約社員から中途採用になった理は四年目からと一年短縮されるらしい。これまでは出勤日数に応じて賃金を算出していたが固定給になるので、有給も取れるようだった。

ボーナスも、ご褒美の意味合いが強かった契約時代の一年で一ヵ月分から、一年二・五ヵ月分に増えた。何より、住宅手当として月に二万円が支給されるというのは嬉しかった。

後ろめたさと鬩《せめ》ぎ合う、安堵感。これでもう、突然の怪我や病気で収入が途絶える可能性への恐怖からも、いつ契約を切られるかわからない不安からも解放される。

すべての説明を終えたあと、課長は社則や採用通知を一纏めにして理に渡した。

「明日の朝に伝えようかと思ったけど、結果を気にしてるだろうし、いい知らせは一日でも早い方がいいと思って。待っててよかった」

「お心遣い、ありがとうございます。遅くまで申し訳ありませんでした。……本当に、ありがとうございました」

重ねて礼を述べ、理は丁寧に頭を下げた。採用通知を丁寧に畳み、応接室をあとにする。

——心遣いを見せてくれた課長の言葉は、正規に受けた採用試験だったら胸を張って聞けただろうか。

廊下を歩いていた理は、デザイン部のフロアに戻る途中で足を止める。アトリエ室のドアが中途半端に開いており、中から光が漏れていた。

まだ誰かいるのだろうかと思い、通りざまに中を覗くと、小柄な背中が見える。吉岡だと、すぐにわかった。今日はこちらで仕上げ作業をしているらしい。

吉岡は机に向かっていたが、やけに前屈みだった。おそらく、机ではなく膝の上に何かを載せて作業しているのだろう。机の上に所狭しと乱立している小さなボトルやスプレーを駆使しているところから見ると、マネキンにメイクを施しているようだ。

しばらく熱心に俯いていた吉岡は、やがてひと息つくように顔を上げた。首を回して肩の凝りをほぐしたあと、机に置いた書類に手を伸ばす。

紙面を眺め、緩慢な手つきで頭をかいた吉岡は、やがて書類を戻した。それから再び、作業に没頭しはじめる。

五階にあるアトリエは、六階のデザイン部とはまったく違う雰囲気だ。いたるところにごちゃごちゃと資材が積まれ、とても雑多な印象を受ける。白い壁に取り付けられた時計も、デザイン部にある洒落たものではなく、小学校の教室にあるような文字盤の大きいシンプルなものだ。

その時計の針が午後七時半過ぎを指しているのを見て、早く戻らなければと思ったときだった。

視線の先で小さな肩がびくっと緊張し、反射的に自分も姿勢を正した理は、吉岡が慌てたように机に手を伸ばしたのに目を瞠った。コットンに逆さまにしたボトルを押しつけ、いっそう前屈みになって腕を動かしている。僅かな隙間からも、シンナーっぽい刺激臭が流れてきた。何か失敗してしまったらしい。

あぁ～、という呻きともため息ともしれない声を零している吉岡を見つめ、理はそっとドアから離れた。エレベーターに乗らず階段を上がり、デザイン部を目指す。

けれど、今見た吉岡の姿はいつまでも残像として残っていた。

技術畑の人間として腕を磨くべく地道にやっている吉岡を思えば思うほど、今の自分がいかに最低か思い知らされる気分だった。

「……」

デザイン部に戻ると、そこには永貴しかいなかった。総務に呼ばれている間に戻ってきたらしい。

逆に、江崎をはじめとするほかの社員は、理と入れ違いに退社したようだった。

椅子の背凭《せもた》れに大きく背中を預けて咥《くわ》え煙草でふんぞり返り、描きかけのコンテを照明の光に翳《かざ》すようにして眺めていた永貴は、物音に気づいて振り返った。ポーズはまったくそのままで、首だけを捻じ曲げた恰好だ。

二人きりになったのは、あの晩以来。そう思ったら緊張してしまい、理は入り口で立ち止まった。

「……お疲れさまです」

当たり障りのない挨拶を口にした理に、永貴も表情を変えなかった。椅子を軋ませ、見ていたコンテをデスクに置くと立ち上がる。

入り口にいちばん近い、末席である自分のデスクに向かった理は、今回の恩人である永貴に事の顚末《てんまつ》を報告しようと口を開いた。

「今、総務に呼ばれてました」

「そう」

「先日の、試験の結果を教えてもらいました。……来月から、正社員として採用していただけることになりました」

そこでいったん言葉を区切り、理は永貴の目を見つめた。あの晩、いろんな感情を湛《たた》えていたように見えた眼差しは今は冷静で、この話を聞いて何を考えているのか窺い知ることはできなかった。

永貴から僅かに視線を逸らし、長い睫毛を伏せ気味にして、理は小さくともはっきりした声で言う。

「堂上さんの、おかげです。……ありがとうございました」

頭を下げた理を、永貴は無言でしばらく眺め、それから気のない口調で言った。

「そりゃよかった。江崎も喜んでた」

「……ご存知だったんですか」

「俺と江崎だけな」

ずいぶん前からわかっていたような口ぶりに、おそらく試験日当日には結果が連絡されていたのだと予想できた。試験後には面接があったので、理本人には当然試験の結果は知らされていなかったのだが、採用試験を受けさせてやってくれと打診してきた永貴にはきちんと伝えられていたのだろう。

先ほどまで自分が座っていた椅子の背凭れに腰を引っ掛けるようにして、永貴は短くなった煙草を灰皿に押し潰す。

「総務から聞いたけど、試験結果も見事なもんだったらしいな」

「……いえ、……。僕は点数を教えてもらっていないので正答率は知りませんが、わからない問題も結構ありました」

「謙遜するな。ゲタ履かせる必要なんかこれっぽっちもない成績だった」

肩を竦め、永貴は手持ち無沙汰に襟足を摩《さす》ったあと、デスクに手を伸ばした。煙草のソフトケースを取り、吸ったばかりにもかかわらず、新しい一本を抜いて咥える。

白いフィルターを挟む肉厚の口唇を、理はなんとなく見つめた。

あの晩、あの口唇でいろんなところに触れられた。セックスしたのはたった一度だったが、以前付き合っていた初めての恋人よりも多く口づけを残し、身体の隅々まで探られた。触れてくるときは優しく、情熱的だったのに、甘い言葉の一つも零れてこなかったあの晩の口唇——。

決して狭くないフロアに沈黙が落ちた。

大きな手で空調の風を避け、心持ち前屈みになって煙草に火をつける永貴を、理はじっと見守った。最初の煙を吐き出した永貴に見つめられて、今度は視線を逸らすことができなかった。

「それも……、堂上さんのおかげです。いろいろ教えてもらったから」

かすれた声で、それだけ呟いた理の前で、永貴がふっと笑った。自嘲しているようにも、意地が悪くも見える笑みだった。

その顔を見つめているうち、鼓動がどんどん速くなっていく。

これまでの会話はただの仕事上のものではなく、これからの自分たちの関係を示唆するものだとわかった。正社員の身と引き換えに、自分は身体を明け渡したのだ。

一度きりで終わるはずもない、これからずっとこの関係が続いていく。

「羽根、今日はもう終わりか」

「はい」

「じゃあ今からメシでも行くか」

がらりと雰囲気を変えるようにいつもの口調で言い、永貴はほんの数口吸っただけの煙草を灰皿に押しつぶした。けれど、口調こそ普段の永貴のものでも、台詞の内容はそうではなかった。食事のあとに何があるのか、わからないほど鈍感ではない。

絶望感はなかった。恋はしばらくしたくない、今は仕事を頑張って自分の足場を固めたい、ずっとそう思っていたのだ。この関係でいいと永貴が思ったのなら、それで構わない。

申し訳程度にデスクの上を片づける永貴の前で、理も同じく帰り支度を始めた。

最後、もらったばかりの採用通知を鞄に入れるときだけは胸が軋んだけれど——もう、何も考えたくなかった。

＊

「もっと照明を中央に集めた方がインパクトあると思うんですよね」

「こう……こんな感じにするってこと？」

「それだとここんとこが高温になりますよ」

「LED使ったらどうだろ？」

「あれは明るくなるだけで、スポットって意味じゃ関係ない」

巨大な楕円形のテーブルを取り囲み、中央に置いた今度の現場の模型を見ながら、みんなで次々とアイディアを出していく。採用されるか否かにかかわらず、理は出てきた意見をノートにメモし続けた。一つ意見が出るたび模型を眺め、そのアイディアを実施したらどんなふうになるか、頭の中で都度思い描いてみる。

正社員になって、理の仕事は劇的に変わった。現場で力仕事に携わるのは同じだが、それ以外にも、こうして企画段階の会議から参加できるようになったのだ。

檜皮デザインでは、受注があるとまず社員各人がそれぞれの起案を絵にしてくる。それを全部検討し、最終的に一つに絞る。それから、選ばれた一つをみんなで改良していく。社員数が少ないからこその、社内コンペと話し合いの二つをミックスさせたような形だ。

理も実際に幾つか絵を描いたが、最終段階まで残るには程遠い。ただ、意見を求められて考えを述べたり、みんなの発言を聞いたりすることはとても勉強になる。力仕事や書類整理ばかりだった以前と比べると、仕事内容は格段に濃くなった。何より、仕事の知識を蓄えて発展させていくその過程が、いつ切られるともわからない契約時代には味わうことのできなかった充実感、将来への夢や希望を抱かせてくれる。

メモを取りつつ、理はちらりと視線を永貴に投げた。チーフである彼は、会議が始まってから一言も発していない。仕事中のあの難しい顔で、腕組みして模型を睨んでいるだけだ。

頭の中では、きっと様々な構図が浮かんでいるに違いない。自由に次々と飛び出す意見を分析して、彼独特の世界観とすり合わせているはずだ。

「インパクトってことなら、照明を集めるんじゃなくてレイアウト変えたらどうですか」

「そりゃ本末転倒だろ。このレイアウトがベストってことで、あともうちょっとインパクト出したいって話なのに」

「いや、小道具が多すぎるかも。少し引いてみたらどうかな」

ああでもないこうでもないと議論が堂々巡りになってきたところで、ようやく永貴が姿勢を変えた。テーブルに手をついてコンテと模型を見比べ、低い声で言う。

「LED、いいかもな」

ずっと黙っていた永貴が発言した瞬間、騒がしかったメンバーが静かになった。数々のディスプレイを手がけてきた永貴がどういうアイディアを出すのか、興味津々の眼差しで見つめる。

理も例外ではなく、彼が何を言い出すのか、固唾《かたず》を呑んで見守った。基本的な感覚や感性が似ているのか、永貴のデザインは理の趣味ととても合っていた。もちろん、似たようなものを作ってしまうということではなく、個性的な彼の発案に驚くことばかりなのだが、色合いやレイアウトで自分ならもっとこうすると思うことが殆どない。

永貴は模型のあちこちを指しながら、話し出した。

「LEDで平行光を当てて、その上でスポット照明使えば……そうすりゃ影が出ない分、中央に視線が集まりやすくなる」

「……一理ありますね」

「あぁ。ただ影が出ないから、両側のシェルフに角度つけて……こんな感じで。これだと、影がなくても奥行きを出せるかもな」

紙と発泡スチロールで作った簡易模型の中のレイアウトをほんの少しずつ動かしただけで、印象ががらりと変わる。うんうんと頷いているメンバーの横で、理も感嘆の吐息を零した。

これで一度見積もりを作ろうということになり、永貴が散らばっていた資料を纏めながら言う。

「近藤、現場の電源確認しといて。あと三浦はオルト照明の石橋《いしばし》さんに見積もり出してもらって」

「わかりました」

「羽根はこれ撮って、あと片づけて」

「はい」

ざわざわと次の仕事に向かう社員を横目に、理は事務所の備品であるデジタルカメラで模型を写した。撮った画像を参考に、今度は先方に出すデザイン画を描くことになる。模型は全部白で作られているから、細部までよくわかるように何度か角度を変えて写真に収めた。発泡スチロールの屑《くず》まで綺麗に片づけてデスクに戻ると、会議に出ていたメンバーのうち半分ほどはいなかった。一段落したので、現場の確認や業者との打ち合わせなどに出たらしい。

永貴が残ってパソコンに向かっているのを見て、理は小さく息をついた。目を合わさないまま自分のデスクに着き、先ほど撮影したばかりのデジタルカメラをパソコンに繋ぐ。コンペ名をタイトルにしたメールを作成し、移した画像を添付すると、理は永貴宛てに送信した。難しい顔で画面を見ていた永貴が着信に気づいたのだろう、マウスを操作しているのが見える。

職場では相変わらず上司と部下、それ以上でも以下でもない。けれど、シャツの下の素肌のなめらかさも熱さも知っている。

目を伏せて、理もまた自分の仕事に戻ったのだった。

「……で、それとは対照的に、ＬＥＤは光のちらつきがなく一定の明るさで照らすことができる」

「はい」

永貴の部屋で、二人掛けの小さなダイニングセットに向かい合わせで座り、理はノートにペンを走らせていた。理が書くのを待ったあと、永貴はテーブルの上に幾つか転がっているライトの一つを取り、スイッチを入れて説明する。

「その特性を生かして、全体的に明るくしたいときにＬＥＤ照明を使う。ただ、カラーが豊富になってきたとはいえ白熱灯独特の雰囲気とはちょっと違うし、スポットライトなんかは白熱灯に軍配が上がる。だから目立たせたい商品がはっきりしているディスプレイでは、ＬＥＤで全体を明るくするより、ピンポイントで商品を際立たせられる白熱灯を使うことが多い。――ただ今度は、光が強烈な分影ができるという難が発生する」

「……はい」

「影も、上手く使えば味になるんだが、複数の灯《あか》りを使うとその分影が分散して散漫な印象になりがちだ。特にバックライトだと、ちょうど見る側に幾つもの影が伸びることになるし、下手《へた》すると肝心のものが逆光になるから難しい。それで、ＬＥＤで平行光を当ててやるんだ。そうすると全体的にトーンが明るくなるから、バックライトでできた影が薄れる。照らしたいものを適確に照らして、そいつの影も出ないようにする、二つを併用することでそういうことができるわけ」

カチカチとライトのスイッチを入れたり切ったりして、永貴はメモを取り終えた理にそのライトを手渡した。

「これが平行光ランプ。サンプルだから小さいけど。ただ、これで原理はわかると思う」

「はい」

「あと本が……あった、これだ。実際に使えるテクニックは殆ど載ってないけど、基本を押さえてるから一通り読んどけばいいと思う」

本棚にぎっちり詰まった本の中から一冊取り出し、永貴は一緒に渡してくれた。

「ありがとうございます」

感謝して、理は早速表紙を捲った。しかし一枚目のページが目に入るか入らないかというところで、ひょいと本を取り上げられてしまう。

目を瞬かせた理の顔を覗き込み、永貴は口唇の端を上げた。

「持って帰っていいから、自分ちで読め」

「……」

「本日の講義は終わりだ」

そう告げて、永貴は口唇を重ねてきた。抱き寄せられ、理は目を閉じてキスを受け止める。永貴が本を持ったままなので、身動《みじろ》ぐたびに角が背中に当たった。痛みというには程遠い、ささやかなその感触が、今の自分たちの関係を知らしめる。

——理が正社員になって、二ヵ月が過ぎていた。

その間、理は毎週のように永貴のマンションを訪れた。永貴から誘われるときと、仕事を学ぶために自分から時間を割いてくれと頼んだときと、だいたい半々だ。

ただ、きっかけはどちらであってもその後の展開は変わらない。

理を部屋に上げると、永貴はまずいろんなことを教えてくれた。契約社員だった時期も永貴には様々なことを教わったが、やはり現場でのちょっとした一言だったり、残業中の夜の事務所での短い会話だったりに過ぎない。相応の経験がある永貴にマンツーマンで丁寧に仕事を教わることは、理より長く勤めている同僚社員でもなかなか得られない貴重な機会だ。

特に、社内コンペの直後に会議で出た珍しい手法についてすぐレクチャーを受けられるのは、ありがたいことだった。

贅沢な個人授業が終了すると、理は永貴に誘われ、ベッドルームに行くのがいつもの流れになっている。

自分たちの関係が身体を重ねるものに変わったことに、おそらく同僚たちは誰一人として気づいていないに違いない。理に対する職場での永貴の態度は、これまでとまったく変化がないどころか、むしろ以前より少しよそよそしくなった。親密さの欠片《かけら》もない二人がまさか同衾する間柄だなんて知ったら、誰もが目を丸くするのではないだろうか。

素っ気ない態度は、関係を周囲に悟られないためではないのだと、理自身が誰よりも知っていた。

彼は、落胆したのだ。想いを寄せた相手に交換条件を出すような真似《まね》をされて、軽蔑し、憤っただろう。

「……、ん」

口唇を塞がれたまま服を脱がされ、理は息苦しさに眉を顰《ひそ》めた。最初の晩はオーソドックスで丁寧な抱き方をしてくれた永貴だが、最近はその限りではない。ブランクがあったとはいえ初体験ではなかった理が新しい恋人の身体に馴染《なじ》んだのは早く、それに勘づいた永貴は、徐々に繋がるためだけのセックスから愉《たの》しむためのセックスにシフトしていった。

「……っ」

右手を取られ、導かれた先に気づいて、理はさっと頬を上気させた。ちらりと永貴の顔を見上げ、無言で命じられるままにジーンズのフロントボタンを外す。中から引っ張り出したものが兆し始めているのに、自然と喉が鳴った。

促され、跪《ひざまず》いてそこに口唇を寄せる。じっとりした熱を帯びたそれはまるで生き物のように、口唇で触れた瞬間動いた。

これから自分を穿《うが》つものに愛撫を施しながら、惨めな気持ちはなかった。永貴と初めて寝た晩、抱き合う前は怖くて緊張したのは事実だったが、一度既成事実ができてしまえば達観したようになった。割り切ったと開き直るほど擦《す》れてはいないが、嫌でたまらないとか、自分が途轍《とてつ》もなく惨めになるとか、そういった感情はない。

おそらく、こういう関係になって永貴の人となりをそれなりに知ったことも一因だろう。人当たりのよさや愛想などはまったくないが、永貴は傍若無人《ぼうじゃくぶじん》に振る舞ったりすることは一度としてなかった。きっかけがきっかけなのに、抱き合うときは理を玩具《おもちゃ》のように扱うのではなく、対等に接してくれた。

対等に――そう、自分の快楽だけを一方的に追ったり、アブノーマルなプレイを強要したりすることは決してなかった。そこが本当に不思議で、もっとひどくされても当然だと自覚している理はいつも戸惑うのだった。

「ン――」

腕を摑んで引き上げられ、口唇を塞がれる。目を閉じてキスを受け止め、理はぎこちなく応えた。前の恋人との浅い経験は、たった数回で永貴が塗り替えてしまったのだと痛感する。

縺《もつ》れるように寝室に向かい、もう見慣れた天井を眺めて、理は小さく息をついたのだった。

＊

事務所で一心に写真を整理していた理《さとる》は、ドアが開いた音にはっと顔を上げた。見れば、江崎《えざき》が入ってきたところだった。

静かな室内で急に音がしたから驚いてしまったのだが、ただ入室しただけで驚愕《きょうがく》した理の反応に江崎もびっくりしてしまったらしい。

「ごめん。邪魔した？」

「い、いいえ。驚かせてしまってすみません、夢中だったので」

慌てて首を振り、理はお疲れ様ですと労《いたわ》った。江崎は自分の席に着くと、手にしていたファイルを無造作にデスクに置く。

立ち上がり、部屋に置いてあるコーヒーメーカーに近づいて使い捨てカップにコーヒーを注ぐと、理は江崎に持っていった。

「あっ、サンキュ。羽根《はね》くん気が利《き》くね～」

喜ぶ江崎は、早速口をつけると話しかけてくる。

「こんな遅くまで何してたの」

「この前の目黒の物件の写真を整理してました」

「あー、……そういえばその前の桜木町の写真も、整理してくれたの羽根くん？」

「はい。整理といっても、並べて綴《と》じただけですけど……」

「いや、それで充分。いつもありがと」

礼を言い、江崎はにやりと人の悪い笑みを見せた。

「確かに羽根くんは新人だけど、そんな雑用ばっかしなくていいよ。もう社員なんだし。写真整理とか面倒だから、みんな後回しにしちゃってさ～…放置しといたら見かねて羽根くんがやってくれるんじゃないかって甘い期待してるの丸わかりなんだから、たまにはほっといてその現場担当した奴にやらせりゃいいの」

「……、でも写真見るだけですごく勉強になりますから」

「確かにそうだけど、もっと効率いい勉強の仕方もあるじゃない。堂上《どうがみ》に頼めば勉強時間設けてくれるよ？」

江崎の口から出た永貴《えいき》の名前にどきっとし、次の瞬間それが顔に出ていなかったか心配する。しかし杞憂《きゆう》だったらしく、江崎は特に気にしたふうでもなく言った。

「向上心は感心だけど、下っ端な分現場も多いんだし、身体《からだ》壊すなよ～」

「はい。ありがとうございます」

持ってきたファイルを捲《めく》り始めた江崎にぺこりと一礼してその場を離れ、理も自分の席に戻ると整理を再開する。

江崎に言ったように、雑用はまったく苦ではなかった。むしろ率先してやるようにしているほどだ。

もちろん、永貴に直接教えてもらうことで吸収できるものはその比ではない。江崎がどういうつもりで先ほどの台詞《せりふ》を口にしたのかはわからないが、理は既《すで》に充分なほど、『個人授業』の時間を作ってもらっていた。さらに研鑽《けんさん》を積むべく雑用でも何でもやっているのが現状だ。

写真整理は特に、色使いを誉《ほ》められることはあっても空間の奥行きの出し方が今一つ下手《へた》な理が、様々なディスプレイを見ることで勉強になる仕事だった。

苦かった過去の経験を思い出し、口唇を引き結ぶ。

不可解なことを依頼されても、何も感じず言われたままに行動して、結果的に最悪の事態を引き起こしてしまった。あんなことはもう、二度としたくない。

事情を説明しろと本社の人間に追及されたとき、理はもちろん自分の意思でやったのではないと弁明しようとした。けれど、上手《うま》く行かなかった。

『頼まれたんです。言われたとおり伝票を切って、それで――』

『頼まれたって、誰に？　メールとか保存してる？』

『メール……は』

至極当然のことを聞かれ、そのとき初めて気づいた。樽田《たるだ》から依頼されるときはいつも、証拠が残らない電話だった。行き当たりばったりの頼み事ではなく綿密に計算された上での横領だったのだと、愚かにもやっとわかったのだ。

あの場で樽田の名前を出さなかったのは、初めてできた恋人を庇《かば》いたいという想いからだったのではない。証拠がなければ何を言っても信じてもらえないのだと、居並ぶ面々の目を見て理解したからだった。

もちろん、樽田の名前を出せば本社は彼も調査するだろう。理と樽田、どちらの言い分を社が信じるかは明白だが、樽田は経理担当で本社がそう易々《やすやす》とシロの判定を出すとは思えない。

しかし、その結果もし樽田が首謀者だと判明しても、それで理自身の罪がなくなるわけでは決してないのだ。

長く怖ろしかった一日が終わる頃、自宅待機を命じられた理のもとに樽田がやってきた。自分の名前を出さなかったことの感謝を述べ、申し訳なかったねと謝罪し、横領した金額と同額の金を持ってきた。

不正な伝票を見抜けず処理をしていたことは、会社にとっても公にしたくないはず。金額も大きくないし、この金で返済すれば自主退職扱いにしてもらえると思う。そうすれば次の就職先には響かないし、再就職先はもちろん自分の伝手《つて》で世話をする。

恋人の口から流れる一言一言は、理の胸を素通りしていった。弁済すれば大丈夫、そう言える神経が信じられなかった。図らずも大それた罪に加担してしまったことへの苦悩、恋人に裏切られた絶望感、それを少しでも慮《おもんぱか》ることができるなら今夜かける言葉はもっと違うものになるはずなのに。

結局、理は樽田の名前を出さずに退職した。再就職先も自分で探すと突っ撥《ぱ》ねた。ただ、社に弁済する金は、悩み抜いた末樽田から渡された金を使った。いくら一件あたりの金額が少なかったとはいえ、総額で百万円近くなっており、勤めて二年の理が返せるものではなかったからだ。

樽田と刺し違える覚悟で何もかも本社に打ち明けようと、思わなかったわけではない。けれど、大事になれば露呈するのは横領の一端を担ったことだけではない。樽田との関係も明るみになるだろうし、解雇となれば再就職も難しくなるし、何よりたった一人の家族である姉も知るところとなる。

涙を呑んで樽田から受け取った金の入った封筒は、驚くほど軽かった。事情を知ってすぐ用意できたほどの金――それならばなぜ、恋人を巻き込んでまで不正に手を出したのだろう。ほんの小遣い稼ぎのつもりでやったのだろうかと思えば、幸せだった時間が踏み躙《にじ》られたようで堪《たま》らなかった。

「……羽根くん」

江崎に呼ばれ、理は手を止めて顔を上げた。江崎は引き出しから大判封筒を出すと、理の席までやってくる。

受け取った封筒の中身を出して、それが新規物件の概要を記したものであることに目を瞬《しばた》かせた理に、江崎は飄々《ひょうひょう》と言った。

「今度うちがやるかもしれないやつ。来週の水曜までに各自案を練って、社内コンペする予定なんだけど」

「はい」

「羽根くん、そろそろやってみない？」

はっと書類から顔を上げた理に笑いかけ、江崎は続けた。

「ま、最初っから案が通るほど甘くないけど。でも一度、自分で作って出してみるところまでやってみたらいいと思う。羽根くんはもうできると思うから」

呆然《ぼうぜん》と聞いていた理は、徐々に込み上げてきた喜びに頬《ほお》を紅潮させた。書類に皺《しわ》が寄るほどきつく握り締め、何度も頷《うなず》く。

「はい。……はい！　頑張ります」

「よかった。じゃ、現場きついだろうけど練っといて」

「ありがとうございます！」

立ち上がって頭を下げる理に、江崎は驚いていた。ここまで喜ばれるとは思っていなかったらしい。

けれど、理にとってはこれ以上ない仕事だった。嬉しくて、誰かに報告したくて——ふっと脳裏に浮かんだ永貴の面影に我に返る。

ちくんと痛んだ胸を押さえるように封筒を抱き締め、理はもう一度江崎に礼を言ったのだった。

＊

日曜日、駅を出た理は、永貴のマンションまでの通り道にあるコンビニに足を踏み入れた。訪問の約束は、午後七時。ちょうど夕飯時でもあるので、自分の分と合わせて何か食事でも買っていこうと思ったのだ。

今日は三日後に迫った社内コンペに出すデザインを考えるため、専用ソフトと資料がある永貴の部屋に行かせてもらうことになっていた。当初は事務所で作業しようと思っていたのだが、この週末はビルの防火設備点検のために休日出勤できなかったせいだ。

少し高めの弁当を二つと永貴用に缶ビール、自分用にペットボトルのお茶を適当に選んだ理は、レジで並んでいるときふと店員の背後の棚に視線をやった。整然と並べられた色とりどりの煙草《たばこ》のパッケージの中から、自然に永貴がいつも吸っている銘柄を探してしまう。

もうすっかり見慣れた、赤い丸が可愛いパッケージを見つけたとき、前の客が会計を終えた。

「お待たせしました」

店員の声に籠《かご》をカウンターに置いて、理はピッピッと音を立てる読み取り機を見つめた。けれどすぐに視線は流れ、あのパッケージに吸い寄せられる。

「すみません、煙草もお願いします。あの……あそこの、赤い丸がついた」

「ラッキーストライクでしょうか」

「名前はわからないんですけど、下から三段目の」

指を差すと、店員はわかってくれた。こちらでよろしいでしょうかと理に確認し、レジに通してくれる。

金を払ってコンビニを出た理は、マンションを目指して歩きながら目を伏せた。

これは、ほんの気持ち。煙草ひと箱——『気持ち』というにはあまりにも中途半端な、まるで交際中の恋人がちょっとした差し入れ気分で買う程度のものだが、そうじゃない。

もう慣れた道を迷いなく進み、やがて現れたマンションのエントランスで理は永貴の部屋番号を入力した。永貴はインターフォンで応えることなく、無言でロックを解除する。

部屋まで行くと、いつものように鍵が外されていた。永貴はいつも、エントランスのロックを解除するときに一緒に玄関の施錠も外すらしい。そのため、理は玄関で出迎えてもらったことは一度もなかった。今日もお邪魔しますと小さく告げて、部屋に上がり込む。

２ＬＤＫの部屋の中は、相変わらず雑然とした雰囲気だった。ただ、リビングと繋《つな》がった仕事部屋を片づけてくれたらしいのはわかる。積み上げられたファイルは減っているし、いつもは椅子の背に掛けられている永貴の上着も消えている。理が使うことを考えて、できるだけ綺麗《きれい》にしておいてくれたのだろう。

永貴はＤＶＤを観ていたらしく、リビングのテレビ画面は制止していた。ローボードのリモコンに手を伸ばした永貴に、理は二人掛けの小さなダイニングテーブルへコンビニの袋を置きながら話しかける。

「堂上さん、夕飯ってもう食べましたか？」

「なんで」

「ここに来る途中、コンビニでお弁当買ったんです。よかったら」

中身を出して二人分あることを見せると、永貴はＤＶＤを制止させたままダイニングテーブルに近寄ってきた。種類の違う二つの弁当を見やすく並べ、理は永貴に先に選んでもらう。一緒に買ってきた飲み物を出していると、永貴は一緒に出された煙草のパッケージに目を留めた。

「あ、……煙草も扱っている店だったので、ついでに買ったんです」

どうぞと差し出し、理は無意識のうちに、受け渡しをする手許ではなく永貴の表情を見守る。

ちょっとした差し入れを、永貴は喜んでくれるだろうか。それとも、意外そうな顔をするだろうか。

しかし——理の想像はどれも違い、永貴は顔色一つ変えずにパッケージを受け取ると、素《そ》っ気《け》なく「サンキュ」と言っただけだった。

その反応を見た瞬間、理は煙草を買ったのはお礼としてのつもりというより、これを受け取ったときの永貴の表情が見たかったせいだと気づいた。今のような関係を結んでいる相手からほんの小さな心遣いを向けられて、あの永貴がどんな表情をするのか見たかったのだ。

自分がそんな考えで煙草を差し入れたことに理は一瞬固まったが、永貴は気づかなかったらしく普段の口調で言った。

「この仕切り引き出せばそっちとリビングが区切れるけど、どうする？　仕切ったら仕事部屋として独立するし、集中したかったらそうしろ。ただ、そこ散らかってるから。閉めると圧迫感が出るのは我慢して」

メリットデメリットを説明し、好きにしろと任せてくれた永貴に、理は少し考えたあと開け っ放しにする方を選んだ。もう何度も上がらせてもらったが、やはり他人の部屋だ。一人きりだと逆に落ち着かないような気がしたせいだった。

永貴はダイニングテーブルで理と夕食をとる気はないらしく、ソファにふんぞり返って止めていたＤＶＤを再生すると、缶ビールのプルタブを引いた。その様子を少し眺めたあと、理はテーブルで手早く食事を済ませ、一言断って隣接する仕事部屋のデスクにつく。

「そこにあるもんは、いちいち断らなくても好きに使っていいから」

「はい。ありがとうございます」

礼を言い、早速本棚に近寄る。今回のテーマに関連しそうなタイトルの資料や写真集を数冊抜き出し、理は普段永貴が使っているデスクチェアに腰掛けた。

永貴のパソコンを立ち上げ、事務所で使っているものと同じソフトを起動すると、持参したデータを開く。真剣にページを繰り、自分が途中までデザインしたものと見比べ、気になった写真に付箋《ふせん》を貼るという作業をしばらく繰り返していた理は、ふっと静かになったのに気づいて顔を上げた。

リビングに視線を投げると、永貴がＤＶＤのディスクを入れ替えているところだった。どうやら先ほど観ていたものは終わったらしい。

何を熱心に観ているんだろうと画面を何の気なしに眺めた理は、やがて映し出された洋画に口許を綻《ほころ》ばせた。無骨な性格からアクションものを好みそうだと勝手に想像していたのだが、始まったのはラブストーリーだ。

こんなの観るんだ……と、永貴が背中を向けているのをいいことにしばらく一緒に画面を目で追っていた理は、ストーリーの脈絡のないところで永貴がたびたび画面を止めるのに首を傾《かし》げる。

手許の本を捲りつつ、ちらちらとテレビの画面に視線を投げていた理は、やがて度重なる一旦停止の理由に気づいた。

永貴がリモコンでＤＶＤを止めるのは、シーンが変わって少しした頃だ。どうやら、興味のあるセットやディスプレイが出てくるとしばらく止めて見ているらしい。

後ろ姿しか見えていない理には、今の永貴がどんな顔をしているのかは見えなかったが、なんとなく想像することができた。しばしじっと眺め、それから奥を覗《のぞ》き込むように微《かす》かに首を傾けたときなどは、色合わせや小物の置き方など「俺だったらこうするな」とイメージしているのではないだろうか。

理が見ていても、永貴はまったく振り返らなかった。視線を感じていないのかもしれないし、ページを繰る音やパソコンを使う音が消えて画面を見ていることに感づいたかもしれないが、完全に放置してくれている。それは冷たいとがっかりくるようなことではなく、むしろ気が楽だった。

再び手許に目を落とし、理も自分の作業に集中する。

永貴が持っている資料は個人所有のものとは思えないほど充実していて、事務所を離れても作業に支障を来すどころか、捗《はかど》る一方だった。空間、照明、色——雑貨、服飾、家具。キャビネットや本棚には専門書と永貴がファイルした資料が一緒くたに突っ込まれているが、大まかな分類はしっかりとされている。基本的に大雑把だが、最低限の押さえる永貴の性格が如実に表れたしまい方で、二年以上彼と一緒に仕事をしてきた理にとってはわかりやすいファイリングだ。

なるべく早めに切り上げなければ、それから永貴に付き合わなければと思うものの、理はいつしかすっかり作業に夢中になっていた。

永貴は仕事に必要な本だけを購入しているのではなく、気に入ったグラビアが多い雑誌類も買っているらしい。本棚にはポケットアルバムも大量にあり、その中には永貴本人が撮影したと思われるディスプレイの写真がぎっしり収められていた。初めはデザインの参考のために見ていたはずなのに、永貴とは小物の趣味や色遣いの好みが似ているのか、今回の課題の参考にはとても使えない写真にも理の目を引くものがたくさんある。ただ眺めているだけでわくわくしてくるような、そんな興味深い写真が幾つも出てきて、真剣に見入ってしまう。

ようやくコンテに目処《めど》をつけられたのは、午前一時を少しばかり回った頃だった。

「――っ」

ずっと没頭していたから、ひと息ついて時計を見たときは血の気《け》が引いた。

弾《はじ》かれたように席を立ち、理は隣接するリビングを見た。しかしソファに永貴の姿はなく、テレビ画面も暗くなっていた。電気は点《つ》いているが、ちょっと席を外しているだけという雰囲気ではない。もうずいぶん前から人がいないかのような静けさだ。

慌ててリビングに足を踏み入れた理は、ダイニングテーブルに置かれたものに目を瞠《みは》る。

――そこに置かれていたのは、菓子パンが二つと洗ってあるマグカップ、それに個別包装されたドリップコーヒーのパックが一つだった。

メモも何もなかったが、夜食のつもりで永貴が置いてくれたことはすぐにわかった。

「――…」

そっと近づき、理はパンを手に取った。永貴がいつの間に買い物に行ったのか、集中していたので少しも気づかなかった。

これを買った永貴の気持ちを思い、初めてベッドの外で優しさを享受したことに気づいて、理ははっと顔を上げるとパンを置いた。リビングを出て短い廊下を進み、寝室のドアに手を掛ける。

少し迷ったが、細く開けてみた。自分も何度も夜を明かしたベッドは、今は一人分の大きさに布団が盛り上がっていて、永貴が既に眠っていることを示していた。

音を立てないよう静かにドアを閉め、けれどその場から立ち去ることができずに、理は閉じたドアに背中を預けた。目を伏せて永貴の顔を思い描いた瞬間、胸が引き絞られるように痛くなる。

部屋に上げてもらって、資料もパソコンも貸してもらって、それなのにお返しとなるべきベッドの相手をしなかった。永貴が残したのは催促の言葉ではなく、ささやかな夜食。

落ちてくる前髪を緩慢な仕種《しぐさ》で押さえ、理はそのまま顔を覆った。

視界が真っ暗になった代わりに、いつもより速い自分の鼓動がこめかみに響く。

リビングの電気が点いたままだったのは、作業の邪魔をしないようにとの配慮からだろう。

いくら集中してやっていたとはいえ、すぐ傍《そば》の電気が消えれば気づく。同じ仕事に就く先輩として、一心不乱に頑張っているところを邪魔するのは忍びないと思ったのだろうか。

正社員にしてもらい、仕事のアドバイスをもらう。呼ばれたら断らずに部屋を訪ね、セックスする。イーブンで成り立っていたはずのこれまでとは違い、見返りを求められなかった夜。

逡巡《しゅんじゅん》しながら煙草を買ったときの気持ちを思い出した刹那《せつな》、みぞおちの辺りをぎゅっと摑《つか》まれた気になった。

自分たちの関係が変わり始めたような気がした。それはほかでもない、理自身の気持ちに変化が表れ始めたせいだ。

驚きと、申し訳なさと、感謝と――胸に渦巻く混沌《こんとん》とした感情の中に、仄《ほの》かな甘い痛みが混じっているのに気づき、理は口唇を震わせたのだった。

＊

微妙としかいいようのない関係を永貴と続けていく中、理も徐々に正社員としての仕事に慣れていった。

独り立ちすると、社内で永貴と話す機会は激減した。それは当たり前のことだが、疎遠になって初めて、理はこれまでいかに永貴に仕事の傍《かたわ》らでいろいろ教えてもらっていたのかに気づいた。

ただ逆に、職場での素っ気なさを埋めるようにプライベートでの逢瀬《おうせ》は増えた。逢《あ》えばまず理が仕事のレクチャーを受け、その後は永貴とともに寝室に入るパターンを踏襲していたが、あまり会話はなく親密な雰囲気にはなっていない。

いびつな関係に映し出される自分の狡《ずる》さや後ろめたさに目を瞑《つむ》り——すっかり秋も深まった頃、檜皮《ひわだ》デザインに大きな仕事が舞い込んできた。

都内の六条《ろくじょう》デパートの改装に合わせ、中に入るテナントの一つがメインディスプレイを依頼してきたのだ。大通りに面した大きな場所で、人目を引くのは間違いない。

デパートの担当者とテナントの担当者とのすり合わせで、最終的に依頼が成立するかどうか微妙だったために、堂上と江崎のところで話が止まっていて社内に詳細は明かされなかったが、どうやら大型物件が始まりそうだという気配が漂い、みんな期待に満ちていた。

もちろん、理もわくわくしていた。この仕事が実現すれば、社員となって初めて携わる大きな物件になる。

どんな店舗だろう、仕事になるだろうかと、その日も胸を躍らせながら出先から戻ってきた理は、ジャケットを脱ぐと自分の席に着いた。客先からもらってきたばかりのサンプルをデスクに出し、整理する。

そのとき電話が鳴り、理はすぐに受話器に手を伸ばした。

「檜皮デザインです」

『お世話になります、アイコーフィルムです。近藤《こんどう》さんいらっしゃいますか』

「こちらこそ、お世話になっております。少々お待ちください」

保留にして近藤のデスクを見た理は、主がいないのにきょろきょろと周囲を見回した。外出だろうかとホワイトボードに視線を投げたとき、当の近藤が奥の給湯室から出てきたのを発見する。

「近藤さん、アイコーさんからお電話です」

「あ、ありがと。……あー」

礼を言ったものの迷う素振りを見せた近藤の手にあるものを見て、理は立ち上がった。来客に飲み物を出すところだったのだろう、トレーの上にコーヒーが四つ載っている。

「僕が持っていきます。どこですか？」

「ごめん、悪い！　第二応接」

「わかりました」

恐縮する近藤に笑顔で首を振って、理は第二応接室に向かった。ノックすると、永貴の声で返答があった。

声を聞いて、一瞬心拍数が跳ね上がったが、理は小さく深呼吸するとドアを開ける。

「失礼し……」

しかし、その場にいる面々を見た瞬間、理は言葉を途切れさせた。

「……？」

入り口で突っ立ったまま呆然として、理は四人掛けテーブルの奥の席に座る男の顔を凝視する。

もう二度と会うはずもないと思っていた男——樽田だった。

一瞬にして、頭がパニック状態になった。どうしてここにいるのか、本当に樽田なのか。瞬《まばた》きもせずに佇《たたず》んで、理は口唇を震わせる。

ここにいるのが間違いなく樽田だというのは、すぐにわかった。なぜなら、彼もまた理と同様、驚きに目を瞠っていたからだ。

ほぼ同時に、社内で噂になっているクライアントはK'Sだったことを知った。これまで檜皮デザインにK'Sや六条デパートの社員が来たことはなく、もっぱら堂上や江崎が出かけていくだけだったが、いよいよ話が具体化したということだろう。

噂《うわさ》の域を出なかった『テナント』がまさかかつての職場だったとは予想だにしていなかったので、心臓が止まるのではないかというほど驚いた。

さっと、理の視線が自然に永貴の方に流れた。ところが、いつものように泰然としている

と思っていた永貴まで、目を丸くして理を眺めていた。その表情を見た途端、言いようのない恐怖が足下から這《は》い上がってくる。

「？　どうした？」

永貴の隣に座った長坂《ながさか》が言うのに、理ははっと我に返った。盆を手にしていることも忘れ、何でもないと言おうとして小さく首を振った途端、長坂が慌てたように腰を浮かす。

「零《こぼ》れる！　零れる、羽根くんっ」

「す……すみません」

動悸は未《いま》だ落ち着かないままだったが、理は強張《こわば》った表情でコーヒーを配った。来客二名のうち、まず上座にいる樽田。次に顔を知らない男。

三番目の永貴の前にカップを置くとき、指が震えた。

――知られたくない。

永貴の目の前に座る男とかつて付き合っていたこと、以前の職場を辞めた理由。

K'Sのことを思い出して、理はちらりと樽田を見た。彼はまだK'Sの社員なのだろうか。それともあれから転職して、今は別の会社にいるのだろうか。

「……羽根くん」

長坂の咎《とが》める声に顔を上げると、理が手にしたトレーから長坂が直接自分のカップを取るところだった。いつまでも動かないから、自分で下ろしたらしい。

事情を知らない長坂がどうしたんだと呆《あき》れた目を向けたとき、樽田が口を開いた。

「羽根――理くん？」

「え？」

びっくりして聞き返した長坂に、樽田は変わらない人の良さそうな笑みで喋《しゃべ》る。

「いや、似てるからそうかなと思って。まさかこんなところで再会するとは」

「樽田さん、うちの羽根とお知り合いだったんですか？」

「ええ。羽根くんは以前、うちで勤めてくれていたんです」

そこでようやく、長坂も「へぇ」と驚いた表情になった。

確かに完全な異業種に転職したわけではなかったが、こんな形で前の職場と関わり合いになるとは思わなかった。真っ白になった頭の中に最初に浮かんだのは、K'Sを退職した本当の理由がどこからか伝わってしまうのではないかということだ。

「……羽根、ここはもういいから」

ここで初めて永貴が割って入り、理はぺこっと頭を下げると逃げるように応接室を出た。

最初驚いた顔をしていた永貴は、すぐにいつもの表情に戻っていたが、理の動悸は未だ速いままだった。むしろ、時間が経《た》つごとにどんどん緊張してくる。

自分の席に戻った瞬間、理は頭を抱えてしまった。

＊

指定されたホテルのラウンジに行き、理はきょろきょろと周囲を見回した。店員が寄ってくるより早く、奥の席で樽田が手を上げて合図する。

朝、アパートを出るときから落ち着かなかった鼓動が跳ね上がった。表情だけはどうにか平静を保ったまま、理は重い足取りでかつての恋人が待つ席に向かう。

「いらっしゃいませ」

「……コーヒー、お願いします」

「かしこまりました」

無表情で店員が頭を下げて去ると、樽田が笑みを見せた。

「元気そうだ」

「……樽田さんも」

「驚いた、まさか檜皮デザインに勤めているとは思わなかったから」

さり気なく話し出した樽田は、以前と全然変わらなかった。憧れ、隣にいるだけで幸せを感じられた、大人の男。穏やかな笑みや落ち着いた話し口調が、本当に好きだった。

思い出すすべてが過去形になっていることに気づき、理は僅《わず》かに目を細める。

樽田から連絡があったのは、先週の金曜日だ。当時のものとは番号を変更してしまった理の携帯電話にではなく、檜皮デザインの営業部に直接かけてきた。最初に受話器を取ったのは理ではなく別の社員だったが、樽田が理を指名して繋がれたのだ。

担当窓口である永貴や長坂ではなく理だったことに取り次いだ社員は首を傾げていたが、理が電話に出ている傍らで理がかつてK'Sで働いていたことを長坂が話していたため、特に疑問には思われなかったらしい。

電話では再会を喜ぶありきたりな挨拶《あいさつ》と簡単な近況報告のあと、久しぶりに食事でもしないかと誘われた。もちろん断ったが樽田は話したいことがあるとしつこく、また、理は通話中ずっと社内の視線が気になって集中できなかったため、押し切られてしまった。

「お待たせしました」

コーヒーカップが置かれたが、理は手をつけなかった。樽田の顔を見ながら、何の話で呼び出されたのだろうと訝《いぶか》る。

脛《すね》に傷持つ樽田はすべてを知っている理を近づけたくないだろうし、新しい職場で新しい人生を始めた理もまた、以前の職場での出来事を知っている樽田とは疎遠でいたい。お互い、もう会ってはいけない相手のはずだった。

「いつから檜皮デザインに？」

「二年と少し前です」

「そうか。じゃあすぐに再就職できたんだ」

よかったと呟いた樽田に、テーブルの下で拳《こぶし》が震える。なかなか定職に就けなかった苦しさ、失った恋の爪痕《つめあと》、何よりも犯罪に加担してしまったという罪悪感。この二年間、どんな気持ちで必死に毎日生き抜いてきたか、何もわかっていない。

理をじっと見つめ、樽田が苦笑した。

「……新しい恋人もできたのか」

「……いえ」

「嘘《うそ》をつかなくていい。見たらわかる。綺麗になった」

男に言う台詞じゃないかもなと笑った樽田に、理は何も言わなかった。自分が彼を愛していたのと同じように樽田に本物の愛があったのかどうかはわからないが、一年もの間人目を忍ぶ関係だったのだ、些細《ささい》な変化にも気づくのだろう。もとより、四十半ばでそれなりの人生経験を積んだ樽田は機微に敏《さと》く、いかにも初心《うぶ》だった理の変化にはいち早く気づいていてもおかしくなかった。

微妙な関係である永貴のことを探られたくなくて、理は顔を上げる。

「樽田さん。お話ってなんですか」

「話？　あぁ……ごめん、つい懐かしくなって」

「これから仕事なんです。すみません」

時間がないと言った理に、樽田はふっと笑った。ずっと穏やかな微笑を浮かべていたが、今の笑みはそれとは違い、明らかに揶揄《やゆ》が入っていた。

背筋を伸ばし、視線を逸《そ》らさない理に参ったなとでも言いたげに首を振って、樽田も姿勢を正した。ガラスのテーブルに微かに身を乗り出すようにして、やや小さな声で話し出す。

「いろいろあったが、こうして仕事を一緒にすることができて、思わぬ偶然に感謝してるよ。今度の六条デパートの改装は、うちにとっても大きな勝負どころだ。……いい仕事を頼むよ。期待してる」

「……ありがとうございます。堂上に伝えます」

「なんだ、他人行儀な。理も担当なんだろう？」

久しぶりに樽田の声で呼ばれた自分の名前に、理はぴくんと肩を強張らせた。できれば名字で呼んでほしかった。

表情は変わらないよう気をつけながら、理は首を振る。

「まだ経験が浅いので……。一応チームには入っていますが、殆《ほとん》ど雑用です。樽田さんとお会いする機会もあまりないと思います」

樽田は理の表情をしばらく眺めたあと、傍らに置いていた鞄を引き寄せた。蓋《ふた》を開け、中からクリアファイルを取り出す。

中に挟んでいた紙をテーブルに出され、向きがこちら側になっているので何気なく覗き込んだ理は、そこに書かれているものに眉《まゆ》を寄せた。例のデザインの見積書だが、聞いていた予算と金額が1・5倍くらい違う。

首を傾げて紙から樽田に目線を上げた理は、告げられた台詞に目を瞠った。

「うちにもらう請求書は、この金額で頼みたい。中間金でも、最終金でもどっちでも構わないから」

「予算が上がったので、修正……ということですか？」

「いや、上がってないよ」

苦笑して、樽田は年齢に似合わぬ悪戯《いたずら》っ子のような眼差しを向けた。

「予算は当初の予定通りだ。請求書だけ、この額面でもらいたい」

「……まさか」

――樽田の言わんとすることがわかり、理は血の気を失った。あのときと同じだ。実際の金額より多い額面の請求書をもらい、差額を着服する。

「ど――どうして」

「理、静かに」

動揺のあまり声を上げた理を宥《なだ》め、樽田は嘯《うそぶ》いた。

「やり方は任せる。うちから請求書通りの額を振り込んで、あとで差額を返してくれてもいいし、請求書を二枚出して一件は振り込み、一件は現金決済と分けてもいい。理ができる方法で」

「でき……、できません。どっちも無理です」

「無理じゃない。檜皮デザインは何も損をしないんだから」

まったく悪怯《わるび》れない普通の口調で、樽田は諭す。

「通常送られてくる請求書とは別に、理が新たな請求書を切ればいいだけだ。うちはそっちの請求書を通すから」

「樽田さ――」

「大丈夫、理が責められることはないよ。もし別の請求書を切ったことがわかっても、この見積書を見て切ってしまったと言えば済む。この見積書は、叩《たた》き台としてうちが出したものだ。誤って、こっちを見て請求書を発行してしまったと」

「駄目です。そんなの無理に決まって」

「理が言わなければ、ばれないよ」

まるで、挨拶代わりの世間話をするように――穏やかな表情を崩さず怖ろしいことを話す樽田に、理の背筋を冷汗が伝った。しばし微動だにせず、理はかつて何度も口づけを交わした男の顔を呆然と見ることしかできなかった。

やがて、最初の衝撃が過ぎ去って……込み上げてきたのは、猛烈な怒りだった。

何もかもが、信じられない。

あのとき、呼び出された本社でどれだけ糾弾されたと思っているのか。謂《いわ》れのない罪を擦《なす》りつけられて、どんなにつらかったかわからないのだろうか。最終的に罪をかぶったのは、当時の恋人を庇うためだけではない。それ以上に、知らなかったとはいえ自分も悪事に加担したからには、罰を受けるべきだと思ったからだ。

新卒として入社した職場で一生懸命働いていたのに、意に沿わず追われることとなった。再就職だって、とても苦労した。何より、大金を搾取する片棒を担がされていたという負い目が今も消えない。社会人としてあるまじきことをしたのだと恥じ、深い傷として残っている。

どうして、その苦しさを理解できないのだろう。どんな思いで乗り越えたのか、少しも知ろうとしないのか。

曲がりなりにも、一年もの間付き合っていた恋人だったのに。

そしてこの段階になって初めて、理はどうして自分が今日ここに来たのか自覚した。

いくら樽田の押しが強く、社内での通話に気もそぞろで一刻も早く切りたかったからとはいえ、どうしても行きたくなければ相応のやり方はあったはずだ。来てしまったのはひとえに、不正を命じたかつての恋人の口から、謝罪や反省の言葉が聞けるのではないかと期待してしまったからに相違ない。

中途半端に終わった恋、社会人として残した汚点。一言、たった一言すまなかったと頭を下げてもらえたなら、すべてが消えるわけはなくとも自分の気持ちに区切りはついたかもしれないのに。

「……樽田さん」

緩慢にかぶりを振り、理はやりきれない思いに奥歯を強く嚙《か》み締める。

「ほかを当たってください。僕はできません」

「理」

「今聞いた話は、誰にも言いません。だから樽田さんも、僕に話したことは忘れてください。

――失礼します」

立ち上がりかけた理は、樽田に制された。剣呑《けんのん》な眼差《まなざ》しを向けたが、樽田は動じるどころか理の瞳をじっと見つめ返す。

やけに澄んだその目に、ふと薄ら寒いものを感じたときだった。

「前の職場をどうして辞めたのか、檜皮デザインは知っているのか」

思わぬ質問に、理は愕然《がくぜん》とその場に佇む。

固まっている理を眺め、樽田は気のない声で言った。

「知らないんだろう？　もし知れたら大変だ」

「樽田さん、どうして」

もう耐えられなくて、理は激しく首を振った。こんな男を愛しただなんて、思いたくなかった。

「知っています。だから話しても無駄です」

「嘘は駄目だよ、理」

あっさりと断じ、樽田は淡々と喋る。

「もし知っていたら、間違いなく理を今回の仕事からは外すはずだ。その前に、まず檜皮デザインで採用しないだろう。普通に採用し、前の職場から依頼された仕事に携わらせていることが、知らないという何よりの証拠だよ」

「……、樽……」

「困らせたくないんだ、理」

悪意の欠片《かけら》もない、交際していたときと変わらぬ穏やかな目で見上げられ——理は何も言えないまま、ただ口唇を震わせることしかできなかった。

＊

ディスプレイに使う小道具の見本帳を受け取りにインテリア雑貨を扱う会社に行っていた理は、自分のデスクに戻った瞬間目に飛び込んできたメモに口唇を噛んだ。外出中に誰かが取ってくれたのだろう、樽田から電話があったことを示すメモが電話機の上に置かれている。

手に取って、折り返しかけるという項目に丸印がついているのを眺め、理は緩慢な仕種でデスクチェアを引いた。

樽田にラウンジに呼び出されてから一週間——あれから何回か電話があった。断り続けているのに、諦《あきら》めてもらえない。毅然《きぜん》と突っ撥ねているつもりなのだが、K'Sを退職するに至った経緯を今の職場にばらすと匂わされれば、どうしても強気に出られない。

なぜ再会してしまったんだろう、こんなことになってしまったんだろうと頭の中はそれでいっぱいで、とても仕事に集中できる状態ではなかった。

少し経験のあるテーマのディスプレイだし、正社員になって初めての本格的な参加で気合いも入っていたが、K'Sの仕事は無理だと思った。ただディスプレイを考えるだけならともかく、現場に行かなければならない。行ったら樽田と顔を合わせることになる。

「ただいまー」

打ち合わせに出ていた永貴たちが戻ってきて、江崎が間延びした声で挨拶しながらフロアに入ってくる。お疲れさまですという声が次々と飛び出す中、理は先刻受け取ってきた見本帳を手に立ち上がると、永貴のデスクに向かった。

「お帰りなさい。堂上さん、これ頼まれていた見本帳です。廃番品は向こうでチェック入れてきてあります」

「サンキュ」

短く礼を言って分厚い見本帳を鷲摑《わしづか》んだ永貴は、中を見ずにデスクの端に積んだ。理とは一瞬目を合わせただけで、すぐに別の社員に言う。

「中里《なかざと》、さっきの話踏まえてもう一度見積書作って。大至急」

「はい！」

一緒に帰ってきたばかりの中里がすぐにパソコンに向かったのを見て、それから理は永貴に告げた。

「堂上さん……、忙しいところすみません。少しお時間いただけないでしょうか」

「時間？」

ばたばたしていた永貴が、その一言で動きを止める。片方の眉だけを上げた訝しげな表情を向けられて、理は居たたまれない思いを味わった。

でも――話さなければならない。

「十分程度でいいなら」

腕時計を見て応えた永貴は、理が話を切り出すのに躊躇《ちゅうちょ》する素振りを見せるとすぐにデスクから離れた。理を連れてフロアをあとにし、手近な会議室のドアを細く開いて無人なのを確認する。

部屋に入るとき、永貴の手が背中に添えられ、理は無意識のうちに背筋を緊張させた。弾かれたように顔を上げた理に気づいたらしく、永貴がすぐに手を離す。

「……」

離れていった腕を視線で追い、そんな自分に動揺して、理は所在なげに睫毛《まつげ》を伏せた。けれど、触れられた瞬間跳ね上がった動悸はなかなか鎮まらず、胸が引き絞られるように疼《うず》く。

永貴と初めて寝た晩も、こんな感じだった。でも、あれからもう何度も身体を重ね、人前では口にできないところも触れ合う仲だ。まだ浅い経験しかなかった最初の頃ならともかく、今更ほんの少し触れられただけで緊張するなんて、自分でも意外だった。

「ここでいいか？」

ドアを閉めていた永貴が不意に振り返り、物思いに耽《ふけ》っていた理は心臓が口から飛び出してしまいそうなほど驚いた。びくっと反応した理に永貴も驚いたらしく、目を丸くする。

落ち着きのない自分が恥ずかしくなり、理は熱くなってきた頬を一度だけ手の甲で押さえると、姿勢を正して永貴を見つめた。

「すみません、堂上さん忙しいのに」

「いいけど。何」

切り出した台詞に対する声は、やけに素っ気ない。厳しい眼差しでじっと見つめられ、その眸には同衾しているときの熱っぽさも優しさもないことに、この部屋に入ってきたときから疼いている胸が微かに軋《きし》む。

内心の複雑な想いを微塵《みじん》も表情に出さないように注意しながら、理は小さく、けれどはっきりと言った。

「六条デパートのK'Sのディスプレイのことです」

「どうかしたか？」

「企画から参加させてもらえたことに、すごく感謝しています。……でも、できれば下ろしてほしいんです」

そう言ったとき、きしきしと引き攣《つ》れるように啼《な》いていた胸が、ぎゅうっと絞られるように痛んだ。永貴の表情を見ていられなくなり、足下に視線を落とす。

初めて大きな仕事に携われるようにしてもらって、期待に応えたいと本当に思っていたのに。せっかくもらったチャンスを自ら放棄することよりも、ぎこちない関係と仕事は別だと割り切って、何かと目をかけてくれた永貴を失望させることの方が何倍もつらい。

「理由は？」

端的に尋ねた永貴に、理はここ数日考えた『理由』を口にした。

「K'Sは前の職場で、……転職した手前、顔を出しにくくて」

「相応の理由で退職したなら、問題ないと思うが」

「……」

理は顔を伏せ気味にしたままだったが、じっと見つめられているのはわかった。顔を見なくても、仕事に厳しいあの眼差しがまざまざと脳裏に浮かび上がり、胸の痛みが強くなる。

嘘をつくこと。隠し事をすること。永貴に対してそうしなければならない己を恥じながら、それでもそうするしかないと理は言った。

「――すみません。KSを退職した理由は、接客業になかなか慣れなかったからだと言いました。確かにそれがいちばん大きな原因ですが、それだけじゃないんです」

「……」

「人間関係でも、少し悩んでいて」

真実を言うよりましだと思って作った口実だったが、いざ口に出してみると情けないことこの上なかった。羞恥、惨《みじ》めさ――そして、それらを凌駕《りょうが》するほどの過去の恐怖に押しつぶされそうになりながら、理は消え入りたい気持ちで言葉を絞り出した。

「ディスプレイを考えてコンテを描くためだけでなく、実際に作業に入れば絶対に現場に足を運ばなければなりません。現場に……行く回数が増えれば増えるほど、あまり顔を合わせたくない人に会ってしまいそうで」

「……」

「こんな理由で、本当に申し訳なく思っています。でも……、……できれば今回の仕事からは離れられると嬉しいんです」

話しながら、たぶん無理だろうと思えてきた。正社員になってまだ日が浅いし、なにより社会人にあるまじき理由だ。仕事に厳しい永貴だからこそ、こんな理由は認めてくれないに違いない。

やはり、永貴はしばらく理の顔を眺めていた。隙《すき》のない聡《さと》い眼差しに見据えられ、怖くてたまらなかった。

何もかも、見透かされている気がする。一生懸命嘘を考えたことも、昔の男にとんでもない要求を突きつけられていることも。

でも、稚拙な言い訳に呆れられても構わなかった。たった一つ、秘密を守れたらいい。前の職場を辞めた本当の理由さえ永貴に知られなければ、それでいい。

そう思って──理はようやく、どうしてこんなことになっているのか気がついた。紛れもなく、自分は永貴に惹かれているのだ。

「──……」

目の前の、永貴の目を見つめる。

最初はこの鋭い目が苦手だった。職場の先輩として尊敬はしていても、彼とどうこうなる可能性など微塵も考えたことはなかった。

けれど、流れゆく歳月。厳しく、でも丁寧《ていねい》に仕事を教え込まれ、とあるきっかけで肌を合わせる関係となり、プライベートの素顔を知っていった。二年以上という時間は気持ちが傾くには充分で、図らずも今こんな局面を迎えて初めて、理はいつしか永貴を憧れの上司としてではなく、特別な相手として意識していたことを自覚した。

もし、恋愛感情がなかったら、何もかも正直に告げられたかもしれない。前の職場を辞めた原因も、その原因を作った相手から難題を吹っ掛けられていることも。そもそも、樽田に対してだってもっと毅然と断れたはずだ。

どうしても言えない、その理由は、ひとえに永貴に知られて軽蔑されたくないせいだった。気づかなかったとはいえ不正に加担していたなんて、仕事に関しては清廉を貫く彼に絶対に知られたくない。

「……そうか」

長い沈黙のあと、永貴はそれだけ言った。じっとしている理の顔を見つめ、抑揚のない声で話す。

「わかった。江崎と相談する」

「……すみません」

小さく謝罪した理を、永貴はしばらく眺めていた。

やがて、短く尋ねる。

「話はそれだけ？」

「……はい」

「そう」

端的に言い、永貴は「結論が出たら言う」とだけ残して会議室のドアノブに手をかけた。

見つめる先で、永貴は振り返らずにさっさと出て行く。

ぱたんとドアが閉まったあと、理は思わず壁に凭《もた》れ、天井を見上げたまましばらく動けなかった。

＊

「お先に失礼します」

デスク周りを片づけると、理は立ち上がって挨拶した。その場にいた面々が「お疲れ」と返してくれるのにもう一度頭を下げ、フロアをあとにする。

階段を下りていると、同僚とすれ違った。

「あれ、羽根くんもう帰り？」

「すみません。ちょっと……用があって」

「あ、いや、そんなつもりで言ったんじゃないから。いっつも遅くまで頑張ってるから珍しいと思っただけ」

慌てたように手を振って、それから彼はにやっと笑うと「彼女？　いいよな」と軽く背中を叩く。

さっさと階段を上がっていく背中を見送り、理は小さく息を吐き出した。それから腕時計に視線を落とし、確かに自分にしては珍しい午後七時という時刻に目を伏せる。

重い脚を叱咤《しった》して階段を下り切ると、理は地下鉄の駅に向かった。電車に揺られること十分ほどで、指定されたホテルに到着する。

案内板でラウンジを探すと、一階ではなく三十二階にあった。エレベーターで上がれば、そこそこ人の行き来があったロビーとは裏腹にフロアは閑散としていた。

「いらっしゃいませ」

寄ってきた従業員に、理はシャツにジーンズという自分の恰好《かっこう》に気後れしながら応える。

「人と待ち合わせをしていて……」

「かしこまりました。あちらのお客さまでしょうか？」

中年の従業員が手で示した方向に視線を向けると、樽田が手を上げたところだった。頷いて、理は奥まった四人席に向かう。

理が着席すると、樽田はやってきたウェイトレスに理の分もコーヒーを頼み、一人掛けソファに背を預けた。

「遅れてすみません」

「いや、こっちも今来たところだから」

余裕のある素振りで和やかに言った樽田に、理は硬い表情のまま告げる。

「先日の件です。……樽田さんが言っておられた見積書、ください」

「……」

理の台詞に、樽田が眉を片方だけ上げた。よく決意したなと言いたげな表情に、得も言われぬ怒りが湧き上がってきたが、理はどうにかそれを呑み込んだ。

よく決意したも何も、そうせざるを得ないように仕向けたくせに。

「よかった、助かるよ。ありがとう、理」

「あまりに高額だとぼろが出やすいので、そこは考慮してください」

「もちろん。理を困らせることはしないよ」

「……」

冷ややかに樽田を眺め、理は立ち上がった。ちょうどコーヒーを運んできたウェイトレスが、驚いたように目を瞠る。

「ゆっくりできないのか？」

「まだ仕事があるので」

「そう。コーヒー一杯の時間くらいあるだろう」

理が小さく首を振ると、樽田は呆れたように笑った。

「きつい職場だ。大変だね」

「……」

今の職場を貶《けな》すようなことを言われるのは、とても不快だった。樽田と話していると、ひどくやりきれない気持ちになって苛々《いらいら》する。もちろん、とんでもない話を強制的に持ちかけられている状態だから当たり前だが、それだけではないような気がしていた。

交際相手の正体を見抜けなかった過去の自分と、好きな相手に誠実に気持ちを伝えることのできない今の自分。誰のせいでもない、結局は己の弱さが原因だ。それを知っているからこそ、自分自身がいちばん許せない。

「……失礼します」

その場をあとにして、理は手近なコンビニに入った。

ＡＴＭに近づき、今朝出勤するときに持ってきた通帳を入れる。

残高を見ると、それなりの金額が貯まっていた。一人暮らしだし頼れる実家もないしで、正社員になっても不測の事態に備えて倹約しているせいだ。

一度だけ目を閉じ、小さく息を吐き出すと、理は画面のタッチパネルに触れたのだった。

*

地下鉄の改札をくぐり、アパートに向かう乗り換え駅で降りようとしたが、なんとなく動くことができなかった。そのまま乗り続け、しばらくして事務所の最寄駅に到着し、そこでようやく電車を降りる。

今まで、樽田に会っていた。KSの公式用紙を使った、やり取りに必要な書類を受け取ってきたのだった。

薄い、けれどこれ以上なく重い大判の茶封筒を手にホームに降り立った理は、人波に流されるように歩き出した。階段を上がり、改札を抜ける。

地上に出たときに一度足が止まったが、今から引き返すのも気が進まず、結局事務所に向かって歩き出した。五分ほどして見慣れたビルが視界に映ると、ひどくほっとした。

こんな日は、部屋に帰りたくない。事務所で過ごしていれば、少しでも気が紛れるだろう。

このビルで働くのもあと少しだと思うと、胸が痛んだ。

――六条デパートの仕事が終わったら、理は檜皮デザインを退職しようと決めていた。

樽田の申し出には、応えるふりをする。偽の見積書を元に偽の請求書を切ることはせず、そのまま闇に葬り去るつもりだった。

当然、樽田は納得しないだろう。腹いせに、昔の出来事について檜皮デザインの人間に漏らすかもしれない。漏らしはしなくとも、もし今後もディスプレイを外注で依頼するようになったなら、再び不正を持ちかけてくるのはわかりきっている。

樽田によると、今回の仕事は金額が大きく、またKSは檜皮デザインにとって初めてのクライアントとなることもあって、一括払いではなく内金と残金の二回払いとのことだった。

内金の分は既に決済が済んでおり、問題となるのは残り分だ。

仕事が完了してから請求書を切ることになるので、六条デパートの仕事が終わる頃退職を願い出て、引き継ぎ等を済ませて会社を辞めたあと、理は郷里に帰ろうと思っていた。

幸いにも、しばらくは暮らせる貯金があった。地元で仕事が決まるまでは結婚した姉の家に身を寄せさせてもらい、就職したら自立したい。

今すぐ退職願を書くこともちろん考えたのだが、できなかった。理はやっぱり、一日でも長く永貴の傍にいたかった。

たとえそれが、今のような醒《さ》めた関係だとしても。

「……」

三階のフロアに行くと、誰もいなかった。今日の夜に一件現場が入っていて、次は翌日の早朝に一件入っているので、前者のグループは今まさに仕事中、後者のグループは早めに帰宅して寝ているのだろう。

理は翌朝組だったが、今晩はとても眠れそうになかった。

真っ暗になっているフロアの蛍光灯をつけ――ふと目に入ったものに、理は吸い寄せられるように中央のテーブルに近づいた。

テーブルには、K'Sから送られてきたさまざまなサンプルが散らばっていた。どうやら誰かがここで広げて、そのままにしてしまったらしい。

テーブルの端に封筒を置いて、シャツを一枚手に取る。懐かしい気持ちで眺めて、理は口許に苦い笑みを刻んだ。

サンプル品なので、タグは殆どの服についていない。それでも、だいたいのシルエットで理にはK'Sの服だとわかる。山積みされた服は大半が今回のメインであるビジネス系だったが、時期柄クリスマスのデートやパーティを意識したと思われる少し派手目のものも結構あった。

目を閉じればふと、脳裏に昔のことが蘇《よみがえ》る。明るいデパートのフロアの一角で、苦手なりに一生懸命接客していたときのこと。

樽田への淡い憧れは憧れのままで終わり、本社社員と店舗販売員の関係のままでいたら、今もあの仕事をしていただろうか。

「……」

今さら考えても仕方のないことだと奥歯を食いしばり、理はうっすらと瞼《まぶた》を開けた。じっとシャツを眺めたあと、手慣れた仕種で綺麗に畳む。

散らばった中から一枚ずつ抜いて、冬物のセーターやパンツなどを手早く畳んでいった理は、やがて一本のネクタイを手に小首を傾げた。流行色とはいえ、コーディネートするには難しい濃紫だ。しばらくそれを見つめたあと、服の山の中を探り、一枚のシャツを引っ張り出す。

薄いグレーのシャツにネクタイを置いて眺めたあと、理はシャツを変えた。定番の水色のシャツにネクタイを置き、こちらの方がおさまりがよさそうだと内心で思う。

ネクタイの主張が強いので、スーツはダーク系がいいだろうと山を探っているうち、いつしか理は夢中になっていた。

黒のダークスーツのジャケットを開き、先ほどのシャツとネクタイを置いてみる。違う色のシャツと合わせてイメージを変えてみたり、柄物のシャツを持ってきてオフ用にしてみたり。

今の仕事ももちろん楽しいが、前の仕事も決して嫌いなわけではなかった。接客はあまり上手い方ではなかったけれど、商品の並べ方を変えたりコーディネートしてマネキンに着せたり、そういうことはとても楽しかった。

どれくらい、そうしていたのか。

服をデスクに広げてコーディネートして、終わったら畳んで……無心になって懐かしい作業に没頭していた理は、ふと視線に気づいてはっと顔を上げた。見れば、フロアの戸口に永貴が凭れ、腕組みしながらこちらを眺めていた。

「……まだいらしたんですね」

「ちょっとな。吉岡《よしおか》と打ち合わせしてた」

「お疲れさまです」

労った理に、永貴は気のない声で言う。

「なんだ、この散らかりよう」

「広げている途中で、現場に行く時間になったみたいです。片づけます」

そう言って、理はせっせと手を動かした。

しばらく理の手つきを眺めていた永貴は、テーブルに腰を引っかけるようにして凭れると、口を開く。

「上手いもんだな」

「いえ、……ありがとうございます。でも慣れてるだけだと思います」

「俺、服を畳んだことなんかここ数年ねぇな」

「えっ、Tシャツとかどうしてるんですか？」

びっくりした理に永貴は苦笑して、それから肩を竦《すく》める。

「ハンガーに掛けて干して、そのままクローゼット行きだ」

「ハンガーの跡が――」

「そんなもん俺が気にするわけねぇだろ……。いちいち外して畳む方が面倒くさい」

堂々と言い放つ永貴を唖然《あぜん》として眺めていた理は、やがて小さく噴き出した。合理的で彼らしいエピソードに、堪《こら》えても肩が震えてしまう。

笑っている理を胡乱《うろん》な眼差しで見やり、永貴は手近なシャツを一枚取って言った。

「ま、服を大事にしてる店員にしてみりゃ許せない行為だろうけどな」

「そんなことないと思いますよ。やっぱり、気に入って何度も着てもらえるのがいちばん嬉しいと思います」

理がそう言うと、永貴はふっと口許に笑みを刻む。

「昔、そうだった？」

「……はい」

「そう」

頷く横顔はなんだか優しく見えて、理はしばしその場に佇んだ。早く手を動かさなければと思いながらも、できなかった。

——夜更けの事務所、二人きり。

仕事ではいつも厳しい指導を受け、プライベートではどこか殺伐とした雰囲気のまま抱き合う。今のひとときは、そのどちらとも違う気がした。自分たちを包む空気は柔らかく、緊張感もいつしか薄れていた。至近距離に立ち、セクシャルな匂いは一切感じさせず、他愛のない会話を交わす。

以前一度だけ、二人きりで今夜のような雰囲気になったことがあったことを不意に思い出した。あれはいつだっただろうか。場所は、ここではなかった。事務所でないとすればどこかの現場か、それとも……

しかし、記憶の片鱗《へんりん》が見えかけたとき、永貴が手にしていた薄いピンク色のシャツを広げながら言った。

「ずいぶん細いな」

「ここは痩《や》せた男性に似合う服、っていうのがコンセプトですから。身体が細いとどうしても貧相に見えるときがあるので、ラインを工夫してあまり身体の細さを目立たせないようにしてるんです」

「ふぅん。そういやマネキンも細身で発注来てたっけ。……服も身体も細けりゃ、よけい細く見えそうなもんだけどな」

「意外とそうでもないですよ。変にゆとりがあると逆に痩せているのが際立つので、服も細身に作っていますけど、着てみるといい感じになります」

「そんなもんかね」

目の高さにシャツを上げ、検分するように眺めている永貴を見つめていた理は、いきなりそのシャツを宛《あて》がわれてびっくりした。永貴は理に構わずに、心持ち身体を引くと首を傾げる。

「ど、堂上さん」

「確かに羽根には似合う」

「堂上さん……」

戸惑っている理に苦笑して、永貴は次々とその辺の服を引っ張り出しては肩に当てた。やがて藤色のシンプルなシャツを宛がったとき、納得したように頷く。

「これがいちばんいいかもな」

「……、……」

「爽《さわ》やかだけど、ちょっと清楚《せいそ》な感じで」

そう言った永貴に、理は何も返せなかった。ただ黙って、宛がわれたシャツを抱き締めるように押さえることしかできなかった。

まだ販売員だった頃、理がもっともよく着ていたのがこの色だ。あとはグレーや薄茶色などで、主力商品が若いサラリーマン向けのスーツだったにもかかわらず、水色やクリーム色は殆ど着なかった。理由は単純で、理にはあまり似合わなかったからだ。

決して童顔というわけではないのだが、顔が小さいせいか眉が細いせいか、シャツがパステルカラーだとどうしても学生っぽくなってしまう。その代わり、アフター色が強いシックなカラーでも、理の線の細い面立《おもだ》ちには問題なかった。この手の色をビジネスシーンに相応《ふさわ》しく着られるのが、販売員としての理の長所だったのだ。

誉めてくれた永貴の低い声は甘かったけれど、口説《くど》き文句や睦言《むつごと》のように感じなかった。それは、現場でのいつもの永貴と同じ口調だったから。彼の美的感覚で『羽根理』に似合うシャツを選べば、こうなったということに過ぎない。

それでも理は嬉しかった。

永貴の作り出す空間に憧れ、ちょっとしたことでセンスが似ているのかなと思うたび、いつも嬉しかった。こんなふうにシャツを見立てられて、それが自分の選ぶものと同じタイプだったことに胸が震えた。

不意に、好きだと言ってしまいたい衝動が込み上げてくる。

シャツを見ていた永貴が顔を上げ、目が合った。言葉も音楽もない、静かな夜のフロアに沈黙が落ちる。

もし、好きだと言ったら。時間を経《へ》てそのすべてに惹《ひ》かれ、ずっと一緒にいたいと思っていると伝えたら。

もし一言告げたら、永貴は何を言うだろうか。

「……」

その瞬間、理の脳裏にふっと、とある光景が過《よぎ》った。さっき欠片を摑みながらも正体がわからなかった、普通に会話したときのことだ。

職場ではなく現場でもなく、あれはホテルのラウンジ。カウンターの止まり木に並んで腰を下ろし、他愛のない話をした。永貴は自分の夢を語り、理はそれを聞いて、職場の上司と部下というには親密な、けれどそれ以上親しいわけではない微妙な距離で。

「……片づけますね」

声がかすれたが、理は俯《うつむ》いたまま強引に言い切った。抱き締めていたシャツを離し、掌《てのひら》で軽く皺《しわ》を伸ばして、両肩を摘《つま》んで畳む。

永貴は止めなかった。殺伐とした職場でそれなりにムード溢《あふ》れる空気だったのに、無粋な一言でそれを壊した理を責めず、自分のデスクに向かう。

書類を眺めている長身を視界の端に捉《とら》えたまま、理は淡々と服を畳んでいった。やがてすべて畳み終えると足下にあった段ボール箱に整頓してしまい、デスクの上を綺麗にする。

「お先に失礼します」

声をかけると、永貴は顔を上げずに応えた。

「お疲れ」

「……堂上さんも」

バッグを手に帰ろうとしたとき、一緒に置いていた封筒に気づいた。樽田から受け取った封筒にはK'Sのロゴが入っており、いつ永貴が振り返るかと思うと手にして帰るのも憚《はばか》られた。大判の封筒はバッグに入らず、理は少し迷った末に自分のデスクの深引き出しを開け、奥の方のファイルの隙間に隠す。

コートに袖《そで》を通し、俯きがちにフロアを出て——理の足は自然、速くなっていった。

階段を駆け下り、ビルを出ると、しんと身を切るような寒さが頬を刺した。睫毛に何かが触れ、いつの間にか雪がちらついていたのだと知る。目を瞬《しばた》かせ、白い息を吐いて夜空を見上げたあと、理は地下鉄の駅を目指した。

『決められたブースやステージのディスプレイだけじゃなくて、内装も含めてトータルでデザインするような、そんな仕事を増やしたいんだ』

『大きな仕事ですね』

『そのブランドの美意識や意図を酌《く》みとって、意匠を凝らして』

彼の家に上がり、キスをして、身体だって重ねたのに。性的なものなど何もない、互いを知っていくための柔らかな会話を交わしたのは、後にも先にもあの一度きり。

あの晩のほんの僅かな時間が、いちばん恋人同士らしかった。抱き合う前で、理からの好意はまだ芽生えていなかったけれど、あの時間こそが自分たちにとって大切なものだった。

そう思い、理は立ち止まった。呆然と目を瞠り、落ちかけたマフラーを巻き直すこともせず、ただ目の前の大通りを行き交う人の波を眺める。

頭の中に渦巻く、かつて樽田と交わした会話。最初に、伝票操作を依頼されたときのものだ。

——羽根くんに、ちょっと頼みがあって。

——何ですか？

理が問い返したとき、樽田は断るはずがないと知っていたはずだ。向けられる気持ちを充分理解した上で、本題を切り出したのだ。

だから……。

——正社員に、なりたいんです。

三年前の会話に重なるように、あの晩ラウンジで告げた自分の声が聞こえる。

永貴に対して、自分はかつて樽田にされたのと同じことをしたのだと、今気づいた。

惚《ほ》れた弱みという足下を見られて、いいように利用されてしまった苦しさもやるせなさも、ほかでもない自分が誰より知っていたのに。

どうして、あんなことを言ってしまったんだろう。正社員になりたかったのも、頼む相手は彼しかいなかったことも事実だけれど、道はそれしかないわけでは決してなかった。辛抱強く、自分の力だけで頑張り続ける選択肢だって、確かにあったはずだ。

歯を食いしばり、理は髪に積もる雪を払うこともせずに、じっとその場に佇んでいた。ぎゅっと瞼を閉じれば鮮やかに、永貴と出会ってからの日々が浮かんでは消える。

仕事では大胆で、ともすれば独断的ともいえる永貴だけれど、プライベートの彼は違っていた。少なくとも、好意を寄せている相手が初心であると見抜き、丁寧に段階を踏んでいこうとしていた。

二年もの間ただの同僚として接し続け、夜明けのファミリーレストランで脈があると判断し、仕事を口実にホテルのレストランに誘う。ラウンジで、ちょっと距離を詰めて、普段は語らない自分の夢を口にして。

部屋に行くと言ったとき、どうしてあんなに醒めた顔をされたのか、わかっている。大雑把に見えて機微に敏い彼の性格は、大胆な中にも緻密《ちみつ》に計算されたあの仕事ぶりを見ただけで想像できたはずなのに。

好みでない職場の上司に秋波を寄せられ、応える代わりに交換条件を口にした自分を、永貴はどうしてそれでも抱きたいと思ったのだろう。据膳《すえぜん》は食らうタイプなのか、それとも……幻滅してもなお、その腕に包みたいと願ってくれたのか。

自己嫌悪を嚙み締めながら、再び歩き出す。すぐ目の前の大通りに出れば、さっきまで歩いていた路地の静けさが噓のような華やかさだった。なんとなく歩きたい気分で、いつも使っている地下鉄の駅をやり過ごし、ＪＲの有楽町駅に向かう。

やや俯き加減で、一心不乱に足を速めていた理は、銀座四丁目の交差点の少し手前で再び立ち止まった。ポケットに両手を突っ込んだまま、そっと顔を上げる。

大きな時計、レトロな文字盤——白い瀟洒《しょうしゃ》な銀座和光の本館が、静かに降る雪の中で毅然と佇んでいる光景が瞳に映る。

ここは、理の想い出の場所だった。

想い出とはいっても、この場所にまつわる特別な出来事があったわけではない。ただ、とても好きな場所というだけのことだ。

気品高く、歴史がありながら、なお今の銀座でもランドマークであり続ける銀座和光の時計台は、理にとって東京の象徴でもあった。初めてここに来たのは、大学生のとき。人の多さ、車の多さ、そして新旧が共存した街並に圧倒され、しばらく言葉が出なかった。

行き交うたくさんの人や車、晴海通りに面する一等地に華やかに並ぶ店、そしてそれらを見守っているかのように泰然と佇む時計台。いつ見ても息を呑む迫力があって、このまま東京で暮らし続けていればいつか見慣れる日が来るだろうと思いながらも、今も決して慣れることなく未だに緊張する。

「あとちょっとで行ける。もう――もう、近くまで来てるから」

急に背後から声が聞こえ、振り返った理は誰かに勢いよくぶつかられた。自分と同じような年頃の男で、携帯電話を持っており、服装や雰囲気から一見してサラリーマンだとわかる。

「すみません！」

謝った男に、理も慌てて首を振り、謝った。ぶつかってきたのは向こうだが、物思いに耽って邪魔なところに突っ立っていた自分も悪い。

男は横断歩道を渡りかけたものの、点滅していた歩行者信号が赤に変わったのに諦めたようだ。苛々とその場で足踏みしつつ誰かに向かって手を振っている様子を眺め、男の視線の先を何気なく追った理は状況を理解する。

道の向こう側、大勢の人の中で、同じくらいの年齢の女性が頭上で手を振っていた。その手に握られた携帯電話、雪で崩れかけた髪を見れば、待ち合わせが上手くいかずにずっと待っていたことがわかる。

たくさんの車が目の前を通り過ぎたあと、ようやく信号が青に変わった。真っ先に飛び出していった男は彼女の元に駆け寄り、両手を合わせて謝っている。笑いながら首を振っている彼女は、遅刻してきた相手を責めるよりも、無事に落ち合えた安堵《あんど》の方が大きいらしい。しばらく二言三言交わしていたかと思うと、二人は手を繋ぎ、仲良く銀座の街に溶け込んでいった。

ぼんやりと一連のやりとりを眺めていると、不意に視界がぼやける。

ありふれたカップル。取り立てて特徴もないあの二人が、とても羨《うらや》ましかった。

住み慣れた街とは比べ物にもならないほど人が多い、東京。母親が一人残ることをわかっていながら、強引に東京の大学に進学を決めた。けれど、自分はいったい、何をしにここに出てきたのだろうか。

数え切れない人の波に埋もれて、他人には決して口外できない性指向を目立たせないよう、暮らしていくつもりだったのは事実だ。でも、息を潜め、逃亡者のような暮らしをしたいと望んでいたわけでは決してない。

人がたくさんいるところだから、自分と同じように、同性としか恋愛できない人も少なからずいるだろうと思っていた。そういう人と巡り会い、好きになり、相手からも愛されて——そんなふうに生きられるだろうかと小さな夢を見て、一大決心して上京してきたはずだったのに。

ドラマのような大恋愛でも、誰もが羨む純愛でもない、夢見ていたのはどこにでもある平凡な恋だった。誰かを好きになり、その好きになった相手からも愛される、ただそれだけのささやかな願い。

最初の失敗で怖気《おじけ》づいて、恋愛はもう懲《こ》り懲《ご》りだと思っていたけれど、本当のところはどうだったのか。

目の前に溢れる平凡な恋人たちのように、傍にいるだけで優しい気持ちになれる誰かと一緒に過ごしたかったくせに、自分に言い訳していただけだ。

「……堂上さん」

知らず、想いは小さな呟きになった。白い息に込められた恋は冷たい空気に霧散して、やがて消えていく。

名前を呼んだ瞬間、胸が痛いほど締め上げられて、理は俯くと口唇を引き結んだ。

最後まで、こんな状態でいいはずがない。郷里に逃げ帰ったあと、きっと後悔する。

永貴にきちんと謝らなければいけない。寄せてくれた想いを踏み躙ったことを後悔していると、自分の口で告げて、本気で好きになったことを伝えられたら。

思い出せば苦い初恋は、もう完全に過去のことになっていた。自分では囚《とら》われていると思っていたけれど、はからずも昔の男と再会してそれに気づいた。胸の大半を占め、ずっと苦しかったそれを想い出に変えてくれたのは、新しい恋。

それならば、せめて。

「……」

空を見上げ、ちらちら舞う雪を目で追いかけて、理はしばらくその場に佇んでいた。

＊

一ヵ月後、理は人の少ないフロアで先日の現場の資料を整理していた。

今夜は、K'Sのディスプレイの日だ。理はメンバーから外れたので詳細はわからないものの、社を挙げての大仕事だったためにある程度の完成予想図は知っていた。外出の際に六条デパートの前を何度か通りかかったが、百貨店のビルはまだ改装中なので外周にぐるりとシートが張られており、中の様子は外からは見えない。

シートが取り払われたとき、道行く人は新しく生まれ変わったデパートに驚くだろう。永貴が指揮を執った大型ウィンドウは、きっと傍を歩く人の胸を躍らせ、明るい気分にさせるはず。

本日フロアに残っているのは、K'Sを担当していない三名だけだ。まったりした雰囲気の中、資料整理をしている理のようにデスクワークに勤《いそ》しんでいた。

今朝、理は永貴に相談があると言った。

内容はもちろん、退職についてだった。本日の仕事が終わると六条デパート関係が一段落するので、頃合いだと思ったのだ。

永貴は話の内容を気にする素振りを見せたが、とにかく大仕事を前に慌しかったので、「わかった」とだけ言った。現場が終われば事務所に戻ってくるので、それまで残っていてくれとのことだった。

壁掛け時計を見上げ、数時間後のことを思って目を瞬かせたとき、不意に電話が鳴った。ちょうど電話のすぐ近くにいた同僚の金沢《かなざわ》が受話器に手を伸ばす。

「檜皮デザインです。……あ、はい。お疲れさまです」

どうやら現場からかかってきたらしいと気づき、資料整理を再開した理は、続く声に思わず手を止める。

「はい、えぇと……三人です。福浦《ふくうら》さんと羽根くんと、あと僕で。――はい。車はオッケーです。どこ停めたらいいですか」

なんだか慌しい口調にただ事ではない様子を感じ取ったとき、電話を切った金沢が声を張り上げた。

「二人ともまだ仕事残ってる？　出られる？」

「僕オッケーです」

すぐ返事をした福浦に倣《なら》って、理も大丈夫だと伝える。

金沢は自分のデスクを忙《せわ》しなく片づけながら、説明した。

「現場の応援頼まれた。先方の連絡違いで業務用エレベーター一台しか使えなくて、時間かかってて押してるんだって。来られる人全員来てって言われたから、準備して」

「は、はい。……」

頷いた理だったが、ひどく動揺した。わざわざ外してもらったK'Sの現場にこんな形で行くことになるとは思ってもいなかった。

しかし、事情が事情だけに行かないわけにはいかないだろう。この場では最年長の金沢が自然にリーダーシップを取る形で三人とも大急ぎで片づけ、事務所をあとにしたのだった。


現場の駐車場に着いても、動揺はまだ治まっていなかった。ただ一斉に動き出すメンバーに急《せ》かされるように、配られた関係者証明カードを首から提げてバンを出る。

積んだ資材に手を伸ばしたとき、理は迎えに来た長坂に紙を渡された。

「コンテ。セッティングは第一班で俺たちは殆ど裏方だけど、一応」

「はい」

受け取って何気なく開き――理は思わず目を瞠る。

「長坂さん！」

慌てて長坂を呼び止め、理は怪訝《けげん》な表情で尋ねた。

「これ、最初のプランとずいぶん変わってるんですが」

「そう。羽根くんは途中で抜けたから知らないだろうけど、結局こうなったから。……あ、福浦くん！　これコンテ！」

横をすり抜けようとした同僚にもコンテ図を渡し、長坂はそのまま足早に現場に向かってしまった。しばし呆然としていた理だったが、じきに我に返ると積んであった箱を抱える。

前を行くメンバーのあとを小走りでついていきながら、頭の中は今見たコンテでいっぱいだった。

コンテは、理が見たことのある暫定版から大きく変わっていた。ステージに台が組まれ、マネキンの数もかなり増えているのだ。確かに立体感が出て目を引くディスプレイだが、相当金がかかる。

自分が抜けたあとどういう変遷を経てこうなったのかがわからず、理は混乱したまま現場に行った。箱を下ろし、作業の邪魔にならないよう隅に寄せる。

既に台が組み上がったステージを見て困惑していたとき、永貴の後ろ姿が視界に入って、理は口唇を震わせた。

このところ、ずっと後ろ姿しか見ていない。事務所の中で見せられる背中は、こちらを向いてくれない無言の怒りを感じてつらかったが、こういう仕事中の背中を見るのは本当に久しぶりだった。永貴がずっとこの現場にかかりきりで、理は逆に外れたせいだ。

少し引いた場所から全体を眺め、バランスを調整すべく指揮を執っている姿は、理が憧れていたときのままだった。

季節外れのTシャツ越しに、がっちりした肩や背中がわかる。

その背中に縋《すが》った記憶が蘇り、理は無意識のうちに自分の掌を見つめていた。好きで——今もとても好きだけれど、あの背中を見るのもあと僅かだと思うと寂しさが込み上げる。

「羽根くん、こっち頼んでいい⁉」

「あ、はい！」

少し離れたところから声が聞こえ、我に返った理は弾《はじ》かれたように顔を上げた。ところが突然の声に反応したのは理だけではなく、永貴も振り返る。

理の顔を認めた瞬間、永貴は珍しく瞠目《どうもく》した。

「来るときガムテ持ってきて！」

理は一度だけ永貴と目を合わせるとぺこっと会釈《えしゃく》し、すぐに駈け出した。おそらく、この仕事から外れたのに現場にいたから驚いたのだろうと思う。

ガムテープを手にステージに行くと、理は布を押さえている同僚の指示に従って作業した。狭いステージの熱気に煽《あお》られ、すぐに没頭する。

黙々と働いていると、先に来ていたメンバーの一人である近藤が独り言のようにぼやく。

「なんかなー…、なんで急に変更になったんだろ」

「え？」

「確かに前のよりは格段にいいと思うけど、シミュレーションする時間がすごく少なかったから動線とかいろいろまずいし、効率悪いよ」

ため息混じりに言いつつ手だけはしっかり動かしている近藤に、理は思わず尋ねた。

「変更、突然だったんですか……？」

「うん。一昨日《おととい》……いや三日前だったかな」

準備に念を入れる堂上さんにしては珍しいよなと呟いた近藤に、理は困惑した。確かに珍しい。少なくとも、理が檜皮デザインで働き始めてから一度もないことだ。

布を張り終えて、コンテを取り出して見比べる。改めて注意深く見てみれば、マネキンが増えたり台が複雑になったりというわかりやすいもの以外にも変化があった。使用する布や小物がグレードアップされている。

予算が増えたのだろうか……と思った理は、その瞬間はっと目を瞠った。

まさか——まさか。

「堂上さ……」

一段落したその場を離れ、理は永貴を探した。本当に予算が増えたのならいい。でも、もし勘違いだったら。樽田に渡された偽の見積書は、自分のデスクの引き出しの奥に隠していたとはいえ、社内に置いていたのだ。それが何かの間違いで永貴の手に渡ってしまい、これだけの予算を使えるのだと彼が思ってしまったのだとしたら。

もし予想が当たっていたら、とんだことになってしまう。ここまで組み上がったものを最初のコンテに戻すための労力、無駄になる資材。何より、プライドをもって仕事をしてきた永貴の顔に泥を塗ることになる。

「堂上さん……っ」

青褪《あおざ》めて、理は必死になって永貴の名を呼んだ。うろうろしている理に気づき、親切な同僚が「堂上さんなら今あっちに」と教えてくれる。

教えられた方に駆け出すと、永貴の背中が見えた。江崎と一緒だ。追いかけた理は、彼らに向かってこちら側に歩いてくる面々を見て顔を強張《こわば》らせる。

やってきたのは、樽田だった。数人とともに歩いてくるので、おそらくK'Sの企画の社員だろう。

理の視線の先で、男たちが挨拶を交わした。そのまま全員でこちらに戻ってくる。まず江崎が理に気づき、次に永貴が気がついて——最後に目を眇《すが》めたのは樽田だった。

「堂上さん、少しいいですか」

「ちょっと待って」

永貴たちに連れられ、理はステージまで戻った。忙しなくスタッフが動き回る中、途中まで組み上がったステージを見て、樽田が開口一番喜んだ。

「ああ、すごくいい感じですね」

「そう言っていただけると。これからマネキンが台座にこう……ぐるっと外向きで並びます。それから周りに小物が入ります」

「よさそうだ」

手放しで喜んでいる樽田を横目に、理は生きた心地がしなかった。もう二度と不正はしないと決めたのなら、どうしてあの見積書を事務所に戻ってすぐにシュレッダーにかけなかったのだろう。偽物とはいえ樽田が捺しただろうK'Sの社印などが付いており、自分の手でシュレッダーにかける勇気がなくて、すべてが終ったら樽田に返そうと思っていたのが仇となった。偽の見積書のことばかりが頭の中をぐるぐる回り、ほかのことが何も考えられなくなる。

「もらった完成予想図とずいぶん違うみたいだが、こっちの方がいいですね」

樽田の言葉に、みぞおちの辺りがひやりとした。明らかに、おかしなことになっているのだ。

「堂上さ――」

席を外して話をしようと思ったが、永貴は動いてくれなかった。理の言葉を遮り、口を開く。

「ええ、当初いただいていた予算より上げていただきましたから。思い切ったディスプレイを考えることができました」

「え？　予算？」

「はい。この……あった、これだ」

永貴がファイルから取り出した見積書がちらりと見え、理は絶望的な気分で立ち尽くした。間違いなく、自分が受け取ったものだった。

樽田がさっとこちらを見たのがわかったが、理は反応できなかった。どういうことなのか、自分でもよくわからない。もちろん、自分が受け取った偽の見積書を元に今回のディスプレイができたということはわかるのだが、なぜ偽の見積書が永貴の手許《てもと》に行ったのか、大幅に金額が変わった時点でKSに確認を入れなかったのか、全然わからない。

永貴が続けた台詞は、さらに予想外のものだった。

「新しい見積書をいただいたので、予算に合わせて変更したディスプレイ案をそちらにお送りしています。ご覧にならなかったでしょうか」

「うちに？　いや、もらってない。今初めて……」

言いかけた樽田を制したのは、同じKSの社員だった。持参したファイルを捲り、コンテを取り出す。

実際の現場と違《たが》わぬコンテを覗き込んで、樽田は明らかに狼狽《ろうばい》した。見覚えがあったらしい。

「……」

「ご覧いただいてましたよね。日程がタイトだったので、ファックスで先行送信したあと宅配便でお送りしたはずなんですが。KSさんの企画部さんの印もいただいてます」

ここに、と別の紙を見せた永貴に、樽田は上擦《うわず》った声で言った。

「……、確かに見た。こっちの方がいいのでOKを出した。しかし予算が上がったから変更があったとはどこにも――単純に、ぎりぎりまで練り直してくれたのかと」

困惑して、パニックに陥って、樽田は最初に理を見た。そもそもの偽の見積書が出回らなければ、こんなことにはならないからだろう。

「堂上さ――」

永貴を呼ぼうとしたとき、理は不意に誰かに腕を摑まれた。振り返ると、江崎だった。

江崎は目で静かにするよう制すると、理の手を引いて現場から離れる。

「待ってください、江崎さん。どうなって――あれは」

「いいから。ちゃんと話すから、ちょっと待って」

樽田同様、狼狽《うろた》えている理を宥めながら、江崎は人気《ひとけ》のない駐車場への連絡通路まで引っ張って行った。夜の今は閑散としていたが、とても落ち着けるものではない。

何がどうなっているのかわからずに口唇を震わせている理をしばらく眺めたあと、江崎は小さく嘆息し、首を振った。

「ごめん、まさか羽根くんが来るとは思わなかった。事務所に応援頼むとき、羽根くんは呼ばないでいいって言ったんだけど……長坂の奴、うっかり忘れたんだな。ここはもういいから、事務所戻って。ほかに仕事がなければ先帰っていいよ」

「江崎さん、あのディスプレイ——予算が上がったって本当ですか。堂上さんに直接連絡が来たんですか？」

「いや、直接は来てない。羽根くん、ここはもういいから」

「江崎さん、たぶん堂上さんは勘違いしてるんです。今からでも予算を確認してください。たぶん堂上さんは別の見積書を見て——」

「羽根くん」

完全にパニックになって言い募る理に、江崎は困った顔をした。その辺を見回し、傍に誰もいないことを確認する。

どうしようかと迷うような間のあと、江崎は理の肘《ひじ》を掴み、目を合わせて落ち着いた声で言った。

「これでいいんだ。羽根くんが気を揉《も》むことは何もない。堂上は樽田さんが出した見積書が偽物であることも、それを羽根くんにだけ渡したことも、従って本当は予算が上がってないことも、全部知ってる」

「……知ってる？」

「そう。羽根くんの様子がおかしかった日、持ってた封筒が気になって、デスク見て確認したって言ってた」

目の前が真っ暗になった理に、江崎はさらに続けた。

「全部知ってて、偽の見積書に合わせてディスプレイを急遽《きゅうきょ》変更したんだ。いざとなれば差額は自分が負担してもいいからって言ってね。俺は反対したけど、堂上が全責任を負うって言ってるんだから好きにさせた」

「……、どう――どうしてそんな」

「それは堂上から直接聞いたらいいよ」

そう言って、それから江崎は理をじっと見つめ、腹を括《くく》ったように口を開いた。

「……羽根くん。今まで言ってなかったけど、羽根くんがどうしてK'Sを辞めたのか、俺も堂上も以前から知ってるんだ」

その言葉に、理は大きく目を瞠った。台詞の内容が、すぐには理解できなかった。

数秒の沈黙が落ち――やがて理はかすれた声で聞き返す。

「……以前から？」

「うん。羽根くんが契約でうちに来てしばらくしてから。詳しいところまでは知らないけれど、経理で問題があったからってことは聞いた」

江崎の顔を呆然と見つめ、理は瞬《まばた》きも忘れて微動だにしなかった。

最初の衝撃が去ると、込み上げてきたのは強烈な罪悪感と羞恥だった。

身体中の血が一気に集中したのかと思うほど、顔が熱くなる。ひく、と喉《のど》が鳴り、理は言葉を失った。

檜皮デザインで働き始めてからのことがざっと脳裏に蘇り、心臓が痛いくらい早鐘《はやがね》を打ち出した。新しい環境、新しい上司。一からのスタートだと自分に言い聞かせてやってきたこれまで、実はみんな事情を知りながら黙って付き合ってくれたとでも言うのか。

今にも崩れてしまいそうな理に、江崎が慌てて言う。

「俺と堂上しか知らないから。そんなに狼狽えないで……って言っても無理か」

両手で作業用エプロンを握り締め、その拳をぶるぶる震わせている理を見て、江崎は宥めるように二の腕の辺りをそっと叩いた。それから順序立てて話し出す。

「羽根くん、ずっと不安だったろ。一生懸命働いても、資格まで取っても、一向に正社員の話が出なかったから。――実を言うと、羽根くんが来て半年した頃、次は契約更新しないで正社員採用試験しようかって話は出てた。でも見送りになったのは、K'Sを辞めた経緯が経緯だったから」

「……、江崎さ……」

「正社員の話が出た段階で、羽根くんの前の職場であるK'Sに退職理由や勤務状態なんかについて問い合わせしたんだ。悪かったよ」

江崎は謝ったが、理は首を振った。誉められた行為ではなく、江崎もそれを自覚しているから謝罪したのはよくわかるが、ないわけではないと知っている。

問い合わされる可能性を知っていたからこそ、理は就職活動を始めた当初、職歴はブランクにしていた。しかし、ブランクだと書類選考の段階で百パーセント落とされた。このご時世、学校を卒業してから一度も働いたことがない人間を採用するところなんてまずないのだと悟り、途中から泣く泣く書いた。

本当にそこに在籍していたのか、何か問題を起こして辞めたのではないか。就職したい一心で嘘をつく人間がいることも、社員育成の手間をかける余裕があまりないから失敗はしたくないと企業が思うことも、不況だからなおさらわかる。事実、理だって肝心なことはすべて伏せた。面接でも偽りの退職理由を述べた。

萎《しお》れている理に、江崎は丁寧に説明してくれる。

「誤解しないでほしいんだけど、羽根くんの人間性とか勤務意欲などに不安になって問い合わせたんじゃないんだ。ほら……、うちは力仕事が多いだろ？　デザイン系だし、転職者可の募集かければそういうの好きな子が結構応募してくれるんだけど、腰痛が原因で長続きしない子がかなりいるんだ。たいていうちで痛めたんじゃなくて、前職や体質でもともと悪かったのが悪化した、って感じで」

「……、……」

「だから、前職が介護や物流なんかの力仕事だったり、美容師みたいに立ち仕事だったりすると、会社都合じゃなく自主都合で辞めてる場合は確認するんだよ。面接でもちろん聞くけど、今は不況でとにかく就職したい人が多いせいで、みんな『大丈夫です』って言うんだよね。だけど……現実として、一生懸命仕事教えてようやく一人立ちしたって頃に『腰悪くしたので辞めさせてください』って言われることがしょっちゅうだから、申し訳ないと思いながらも前の職場に確認するようにしてる」

「……はい」

「特に羽根くんの場合、ちょっと腑《ふ》に落ちないところがあったから。接客が苦手ってのが理由だったけど……うちでの働きぶりを見てたら、多少嫌なことがあっても苦手だと思ってても、辞めるより慣れるために努力するタイプに見えたんだよね。どうしても仕事を続けられないような、よっぽどのことがない限り辞めないんじゃないかと思ったら——膝《ひざ》や腰悪くして長時間立っていられなくなったとか、時間が不規則なせいで睡眠障害患ったとか、そういう身体的理由しか考えられなくて」

歯切れの悪い江崎の言葉に、理は俯いて地面を見つめることしかできなかった。

なんとなく、想像できる。そんなふうに思ってくれていたのは嬉しかったが、だからこそ、本当の退職理由は何なのかと探るような聞き方になってしまったのだろう。電話をかけた先が本社の人事課だったのか最後の勤務先だったのかはわからないが、応対した人間は事の顚《てん》末《まつ》を話してしまったようだ。

責める気はなかった。向こうはおそらく、親切心から話したに過ぎないのだから。

顔を上げない理に一歩近づき、一度伸ばした手を躊躇《ためら》いがちに止めたあと、江崎はそっと肩を叩いた。

「そのときは正社員の話は見送ったんだけど、うちで働く羽根くん見てたら半信半疑でさ。契約は切らないで、更新し続けたんだ。たまに堂上と羽根くんの話になると、K'Sの話は人違いだったんじゃないかってよく言ってた。――でも、今回の件で本当なんだなってわかったよ。……羽根くんはいつも言われた仕事を何でもやったのに、この仕事だけは下りたがったから。……そのときのことをばらされたくなかったら不正に協力してくれって、向こうから言われたんだろ？　羽根くんやっとの思いで正社員になったばかりだったから、本当に悩んだだろ。でも……言いたくない気持ちはわかるけど、やっぱり相談してほしかった」

「……江崎さん」

「誰にも相談しないで、どうにかなると思ってた？　それとも、辞めて責任取るつもりだった？」

江崎が目を細める。怒りややるせなさ、それを凌駕するほどのもどかしさを含んだ目で見つめられ、理ははっとした。

目を瞠ったまま微動だにせず佇む理に、江崎は噛んで含めるように告げる。

「取引先に不正を持ちかけられてるなんて、羽根くん一人が辞めて責任取れるような話じゃないよ。そういうときは俺か堂上に言わないと。二年以上一緒にやってきたのに、まだ信用ないかな」

「そんな……こと、ありません。すみません、僕が——」

「ごめん、言い方が悪かったな。二年以上一緒にやってきても、俺たちが羽根くんの過去を聞いたらすぐ首にすると思ってた？　羽根くんの言い分も詳細も何も聞かずに、そんなことするわけないだろ。堂上はショック受けてたよ。……もちろん、俺だって」

「……」

何も言えず、理は強く瞼を閉じた。情けなくてたまらなかった。

もちろん、江崎は過去の問題は不正経理だと思っていて、そこに色恋沙汰《ざた》が絡んでいたことも、だからこそ現在微妙な付き合いとなっている堂上に理から切り出しにくかったことも、わからないだろう。けれど、彼の言うことはもっともだった。口唇を震わせ、理はただただ自分一人で解決できるはずもない問題を抱え続けていたことを恥じた。

前の職場をどうして辞めたのか、すべてを知ってもなお契約社員として使い続けてくれたほど、堂上も江崎も自分を信用してくれたのだ。二年以上もの間、勤務中だけでなく普段の言動なども注意深く見つめ、少しずつ仕事を任せて。

「……、……本当に、すみません」

顔を覆い、かすれた声で謝罪して、理は頭を下げた。深く下げたまま顔を上げない理の肩を、江崎はそっと叩いてくれた。

慌しく現場に戻っていく江崎を見送って――理は壁に凭れると、ずるずるとしゃがみ込む。しばらくそこで呆然としたまま、理はぼんやりと、現場を飛び交う声を遠くに聞いていた。


事務所に戻ると、理は残っていた資料整理を始めた。

居たたまれない気持ちでいっぱいで、戻ってきた永貴や江崎にどんな顔をして会えばいいか考えただけで消え入りたくなったが、今夜話があるから時間をくれと永貴に頼んだのは自分だった。それまで放棄して逃げることはできず――何より、永貴にきちんと事の次第を説明しなければならないと思っていた。

――堂上から直接聞いたらいいよ。

江崎の言葉が頭から離れない。

永貴はなぜ、偽の見積書を本物ではないと知りながら使ったのか。いざとなれば自分が責任を負うからと、そこまでしてあんな危ないことをしたのか。

怒りと困惑で完全に落ち着きを失《な》くしていた樽田の顔を思い出しただけで、全身がすっと冷える。

プリントした紙を一枚ずつポケットファイルに綴じていたとき、理しかいない部屋に吉岡がやってきた。

「あ、よかった。羽根くんいた」

笑顔の吉岡にお疲れさまですと挨拶した理は、続く台詞に目を瞬かせる。

「年明けに若手社員で恒例の忘年会するんだけど、羽根くんの駄目な日教えてよ」

「年明け……忘年会？」

「うん。ほら、普通の会社は年末に忘年会するのが大半らしいけど、うちって年末年始は超忙しいから社員全員揃《そろ》うやつは『新年会』じゃん？　俺たち若手のは名目が一緒だと紛らわしいから『忘年会』って呼んでて……やるのは年明けだけどさ……」

吉岡の言うとおり、年末は戦場だ。通常のディスプレイからクリスマス仕様に変え、二十五日が終わった瞬間に『A HAPPY NEW YEAR』を掲げたものに模様替えする。さらにデパートの場合、元旦の夜は徹夜でバーゲンバージョンに変更だ。

世間が賑《にぎ》わう時期に、恋人とのアニバーサリーも実家への帰省もお預けで働きまくるいちばんきつい季節だから、この時期に辞めていくアルバイトも多い。でも、理は気にしたことがなかった。『恋人の日』にともに過ごす相手はいらないと決めていたこともあったが、それ以上に、裏方に徹して街を華やかに飾るのが好きだったのだ。道行く人は様々なディスプレイからクリスマスや年末気分が高まり、笑顔になっていくのだろうから。

「そんなわけで年が明けて一段落してからやるんだよね。二十代ばっかりだから気を遣うこともないし、羽根くんも参加してよ」

「……、吉岡さん」

「今年は俺が幹事だから、今みんなに予定聞いて回ってるんだ。駄目な日挙げてくれたら、なるべくそこ避けるようにするから」

もちろん全員の希望を叶《かな》えられない可能性もあるんだけど、と話した吉岡に、理は言い淀《よど》んだ。この会社は、もうすぐ辞める。

「悪いけど、シフトがあるし……どうなるか僕には」

「それはわかってる。ま、シフトはどうしようもないけどさー、プライベートの予定とか。わかってる分だけでも聞けたら、なるべくその日にしないようにするし」

にこにこと言う吉岡は完全に善意だけだったが、理は困ってしまった。仕方がないので、どの日でもいいと告げようかと考える。

「今のところ、……」

しかし、言いかけた理は口を噤《つぐ》んだ。手帳を手に言葉を待っている吉岡の澄んだ眼差しを見つめ、これ以上嘘は重ねたくないと思った。

誠実で、頑張り屋の多い会社。せめてここにいる間だけは、自分もそうでいたい。

「……みんなにはまだ内緒にしててほしいんですけど」

切り出して、理は少し逡巡したあと、意を決して言った。

「もしかしたら、もうすぐ辞めるかもしれないんです。だから忘年会は……」

「辞める？」

予想外の言葉だったのだろう、もともと大きな目をさらに見開いて、吉岡はぽかんとしていた。やがて最初の衝撃が去ると、理の腕を摑んで急《せ》き込むように続ける。

「なんで？　仕事きつい？　そりゃ……長続きする人が少ない仕事だけど、羽根くん二年もいて社員にまでなったのに」

「……」

「仕事が理由じゃないの？　――ひょっとして、堂上さんが厳しくてつらくなった？」

今度は逆に、理の方がびっくりしてしまった。まさかそんな理由が飛び出してくるとは思わなかった。

絶句した理に何を思ったか、吉岡は切々と話す。

「滅多に現場出ないから堂上さんと羽根くんが一緒にいるところあんまり見ないけど、そんな俺でも堂上さんは羽根くんにきついなーと思うもん。そりゃ……あの人仕事に厳しいいし、根性続かなくて辞めた子も何人かいるよ。でももし羽根くんもそうなら、考え直しなよ。堂上さん、口調はきついし態度もぶっきらぼうだけど、悪い人じゃないよ」

「も、もちろんそれはわかってます。僕は――」

「堂上さん、羽根くんのことはすごく見込んでるはずなんだ。最初に羽根くんがうちに来たとき驚いて――」

「最初？」

問い返した瞬間、いきなりぴたっと口を噤んだ吉岡に、理は思わず怪訝な顔をしてしまった。吉岡が推測した突拍子もない理由に驚いたが、それより最後の台詞が引っかかった。

微妙な沈黙が落ちたデザイン部のフロアで、しばし吉岡は所在なげに前髪を弄《いじ》って……、やがて観念したように口を開く。

「俺から聞いたって言わないで。――堂上さん、羽根くんのこと知ってたんだ。羽根くんがうちで働くようになるより前から」

「……え？」

「ちょっと待ってて」

言いしな、吉岡は小走りでドアに向かった。部屋を出て行く前に「待ってて」と念を押し、すぐにいなくなる。

ほどなくして戻ってきた吉岡は、一冊のファイルを抱えていた。

「これ見てよ」

「何ですか？」

「んー？　堂上さんの内緒のコレクション」

吉岡の眼差しが、悪戯っ子のように煌《きらめ》いた。もともとの童顔にさらに愛嬌のある笑みを浮かべ、中央のテーブルに座ろうと促す。

向かいに腰掛けた理にファイルを向けて、吉岡は表紙を捲って言った。

「堂上さん、これずっと自分の家に置いてたはずなのに、なんでか半年くらい前からこっちに持ってきたんだよね。だけど羽根くんには見せたくなかったらしくて、アトリエ室に置いといてくれって。アトリエ室って、人の出入りはあっても職人以外は棚の中とか見ないから」

工具や染料に何かあったら大変だからねと言い、吉岡は目の前に置かれたファイルに手を出さない理をしばらく眺めたあと、ふっと苦笑した。ファイルを心持ち理の方に押しやり、優しい口調で「見てみなよ」と言う。

よくわからないままに、理は指を伸ばした。赤い表紙を一枚捲れば、それは写真保存用のファイルだった。Ａ４版のクリアポケットは、一ページごとに三分割され、スナップ写真が一枚ずつ収められるようになっている。収められている写真はどれも薄暗く、またあまり綺麗に撮れていない。それでも、何が写っているかは充分判別できた。

最初のページに写っている写真を見て、理は僅かに目を細めた。そこに写っているものは、よく見覚えのあるものだ。以前販売員をしていたとき、最初の勤務先となった池袋にあるデパートの、紳士服売り場のフロアだった。

勤めていた店が端に写っているのを見て、思わず口許が綻ぶ。天職と思ったことは一度としてなく、裏方である今の仕事の方が何倍も自分に向いていると思うが、勤めている間は一生懸命だったし充実していた。あの出来事がなかったら、今も働いていたかもしれない。接客という仕事内容に苦労した記憶は多々あれど、たった一つを除けばどれも懐かしい想い出だ。

写真はなぜか、K'S の売り場がメインに写っていた。

印画紙に粗い粒子で焼きついた光景は、記憶の中のものと寸分違わない。何年の、何月くらいのものなのか、理にはすぐにわかった。マネキンが着ている夏物のシャツと小道具は、自分が選んだものだ。

このシャツが入ってきたばかりのときに早速マネキンに着せたのだが、反響が今ひとつで売れ行きが芳《かんば》しくなく、祈るような気持ちで三日後にディプレイを変えてみたことを思い出す。

永貴はこのデパートに仕事で訪れて、ついでに何かの参考になりそうだと写真に撮ったのだろうか。

しかし、そう思いながらページを繰った理は、ふと眉を寄せる。

次のページも、K'S のディスプレイゾーンが写っていた。前のページの続きではなく、別のシーズンに撮ったものだ。ディスプレイが違うし、マネキンの服も秋物に変わっている。背後の商品陳列ケースに布が掛けられているのに気づき、閉店後か開店前に撮影したものだとわかった。関係者以外は営業時間外に中に入れないから、永貴はやはり仕事でここに来ていたのだろう。

そういえば、と理はこの時期に同フロアの別の店が改装していたことを思い出した。もしかすると、永貴はそこで仕事をしていたのかもしれない。

まだお互いを知らないうちからニアミスしていたのだろうかと思えば、胸がじんと疼《うず》いた。けれど、なぜK'Sがメインで写っている写真がこんなに何枚もあるのかが不思議だ。

檜皮デザインで働くまで、理はディスプレイ専門会社があることを知らなかった。それは、K'Sでは店内のディスプレイをすべて自社の社員でやっていたためだ。当然、檜皮デザインとも付き合いはなかったし、だからこそ永貴がこうして何の変哲もない素人《しろうと》のディスプレイを写真に残しているのがわからない。

三ページ目は、K'Sのディスプレイ写真であることに変わりはなかったものの、場所が違っていた。

ここも、見覚えがある。次の勤務先だった有楽町のデパートだ。最初の店で働き始めて半年と少し過ぎた頃、有楽町店で欠員が出て、急遽理が配属されることになったのだった。

写真は、有楽町店に異動になってから半年ほどした頃のものだ。

有楽町店には、想い出がたくさん詰まっている。ガラスで覆われたディスプレイゾーンが設けられていて、いろんなことができて楽しかった。初めて指名してくれる常連客ができたのもここだったし、城南・城西地区を担当していた樽田と出会ったのもここだった。

有楽町店の写真は、前の池袋店よりもたくさんあった。一ページずつ捲りながら、理は懐かしさと苦さの入り混じった複雑な気持ちを味わう。

銀座にほど近い有楽町店は、池袋店の倍以上の売上があった。不況で洋服の販売数が全体的に落ち込んでいるため、売上を落とさないために短いスパンでどんどん新作を入荷しては動きの鈍いものをアウトレット店舗に送ることを繰り返していて、ディスプレイもしょっちゅう弄っていた。池袋店より変化が激しい分、写真の枚数が増えているのだろう。

有楽町店の写真も池袋店の写真と同様、最初の方は比較的しっかりと構図が取れているのに後半は駄目だった。斜めになっているものも多く、画像をきちんと管理する永貴には珍しいことだった。

一枚、また一枚とページを捲っていった理は、不意にあることに気づき、目を瞠る。

——写真に収められているのは、すべて理が作ったディスプレイだった。

「——……」

最初のページに戻り、慌しい手つきでもう一度見ていったが、間違いなかった。理がディスプレイを手がけると売上が若干上がることが多かったため、有楽町店でも渋谷店でも中心となって担当していたが、それでもすべてやっていたわけではない。入荷日と休みが重なったときは別の販売員がディスプレイを作っていたし、全社を挙げて大々的に売り込むメイン商品が決まっているときは、店舗によってイメージのぶれが出ないよう、本社の指示通りに作っていたりする。

それなのに、写真はまるで選別したかのように、理が作り上げたディスプレイばかりが写っていた。別の誰かが作ったものが混じっていないか探したが、一枚もない。

ファイルの最後の方は、KＳ渋谷店のものだった。

予想はしていたので驚きはなかったが、どうしてという謎《なぞ》だけが膨れ上がる。こちらは最初から最後まで、まるで隠し撮りしたかのような構図の写真だ。

最後のページは、理が退職する二週間前のものだった。KＳで自分が作った、最後のディスプレイだ。これを最後に、ファイルは写真の入っていない空《から》のポケットページだけが続いていた。

半年前に、永貴が自宅マンションからこれを持ち出したという吉岡の台詞を思い出し、理は口唇を震わせた。半年前といえば、自分たちの関係がただの上司と部下ではなくなって、理が永貴のマンションに上がり始めた頃だ。

どうしても見せたくなかったから、永貴はこれを自宅に置くのをやめて、キャリアの浅い理がまず入らないアトリエ室に置くよう吉岡に頼んだのだろうか。

言葉もなく固まっている理を切ない眼差しで見つめ、吉岡が苦笑する。

「それ、全部羽根くんのでしょ？」

「……」

「堂上さんが、撮ったんだ」

テーブルに頰杖をつき、吉岡は反対側からファイルを覗き込むようにして続けた。

「最初のは、俺もよく憶えてるよ。初めての現場だったから。……西急《せいきゅう》デパートの池袋店で、紳士服売り場のディスプレイすることになって、夜中に行ったんだ。たまたま隣がK'Sの売り場で、堂上さんが見て『これいいな』って」

「……堂上さんが？」

「うん。担当売り場じゃないとこういう写真撮ると問題になるから、仕事するところの写真撮るとき一緒に写り込むようにしてた。堂上さん、気に入ったものがあると自分で写真撮って溜《た》めとくんだ。参考にするっていうより、自分だけが見るコレクションって感じで」

「――……」

「そこの仕事が終わるまで、K'Sのディスプレイが変わると撮ってた。ただ、全部撮るわけじゃなくて撮るときと撮らないときがあったんだ。今から思うと、羽根くんが手がけたときとそうじゃないときを見抜いてたわけだよね。マネキンは同じブランドの服着てるわけだし、俺には違いがわかんなかったんだけど、堂上さんはそうじゃなかったっぽい。わかんないっ

て言った俺のこと呆れた目で見て、色の合わせ方がすごくいい、って。――それからちょくちょくプライベートで行って、こっそり写真撮ってたみたい」

向かいから手を伸ばしてページを戻し、吉岡は有楽町店の最初の写真を出すと笑った。

「しばらくして、『あいつがいなくなったらしい。辞めてたら諦めるが、どこか別の店に異動したのならまた見たい』って言い出してさ。……羽根くんが有楽町店に異動になったの聞き出したの、俺なんだよ」

「えっ？　吉岡さんが？」

「そう。堂上さんが『お前若いし、客のふりして行って来い』って。焼き肉一回奢《おご》ってもらう約束で、俺が聞きに行ったの。よくディスプレイ作ってた店員さん辞めちゃったんですか、あの人にいつもコーディネートしてもらってたんですけどって聞いたら、『羽根ですね』って。手ぶらで話聞くわけにもいかないからシャツ買ったけど、もちろん堂上さん持ち」

「……、……」

「で、羽根くんが有楽町店からいなくなったときは、焼き肉三回奢ってもらう条件で、渋谷店に行ったこと聞き出してきた。今度は名前知ってたから簡単だった。『いつも羽根さんに服選んでもらってたんですけど……』って、前買ったシャツ着てったらすぐ教えてくれた」

そこで吉岡は小さく笑って、呆然としている理を眺め、それから少し目を伏せた。常は明るい彼らしくない、しんみりとした口調で言う。

「最後の渋谷店で、羽根くんが辞めたって聞いたとき、堂上さんすごくがっかりしてたんだよ。まぁ……あの人のことだから普通に『そうか』って言っただけだったけど。それがしばらくして、羽根くんがうちの募集に来たもんだから、ほんとに驚いてた」

「堂上さんが……」

「うん。もちろん、俺も堂上さんも羽根くんの顔は知らないんだ。このディスプレイ作ってたのが『羽根』っていう人で、元K'S社員だった経歴の『羽根』くんが契約社員募集に応募してきたってことだけ。ただ、羽根ってそんなにありふれた名字じゃないし――何より、堂上さんは面接に来た羽根くんの雰囲気見て確信したみたい。服の形とか、色かも。俺には見分けつかないディスプレイを、全部見抜いてた堂上さんだから」

「……」

「羽根くんが契約社員で働くことが決まってすぐ、俺のこと焼き肉店に呼び出して、『好きなだけ食っていいけど、あの話は羽根にするな』って念押ししてさ。……だから、羽根くん」

言葉を失っている理を見つめ、心持ち身を乗り出すようにして、吉岡は真剣な顔になった。

「羽根くんが来て、堂上さんは喜んでたはずだよ。まだこっそり写真だけ撮ってた頃、あの堂上さんが手放しで誉めてたんだから。羽根くんに厳しかったのも、見込みあるって信じてるからだと思う。だから……ここで辞めないでもう少し一緒に頑張ろうよ」

「吉岡さん」

緩慢に首を振り、俯いて——やがて理は額を押さえた。これまでのことを思えば、こんなふうに言ってもらえたのは嬉しい以上に申し訳ない気持ちでいっぱいだ。

眉を寄せ、一度だけ口唇を引き結んで、理は吉岡の顔を正面から見つめる。

「違うんです。僕が辞めるのは——…」

けれど、言いかけて理は口を噤んだ。頭の中でぐるぐると、たくさんの言葉が回る。

自分を同僚として受け入れ、親切にしてくれた人。かつて不正を働いたことを知らなかったとすれば、彼らの反応はごく当たり前のことだろう。それでも理はいつも感謝していた。

正直でありたいと願い、勇気を出そうと心に決めたほど。

吉岡にもきちんと伝えたい。でもその前に、思っていることや本当の気持ちを伝えなければならない人がいる。

永貴にすべてを話すことを考えただけで、鼓動が速くなった。けれどもう、ごまかすことはしたくなかった。

「……吉岡さん、ありがとう。今度ちゃんと話します」

「え？」

「堂上さんに、まだちゃんと説明してないんです」

そう言って、理はもう躊躇わずに続けた。

「堂上さんと話してきます。全部話したら……次は吉岡さんに必ず話すから」

理の言葉に怪訝な顔をしたものの、部署の違う自分より直属上司の永貴に先に話すのは当たり前だと思っているのだろう、吉岡はすぐに頷いた。

「わかった」

「ごめん……ありがとう、今度奢ります」

「ランチでよろしく。羽根くんはまだ給料安いだろうし、焼き肉なんて酷なことは言わないどく」

真顔で言った吉岡に一瞬目を瞠り、それから理は噴き出した。今のやり取りで、ふっと緊張がほどけた。頷いて、理は席を立つ。

アトリエ室に戻っていく吉岡を見送ったあと、理はもう迷わずに、一心に資料整理しながら堂上が帰ってくるのを待った。

数時間して、堂上たちが戻ってきた。直帰したメンバーが大半だったようで、事務所に帰ってきたのは堂上や江崎のほか、三名だけだ。めいめいが一仕事終えて大きく息を吐き出す中、永貴は一度も座らないまま理に顔を向けた。

「羽根、第二会議室」

「はい」

場所を指定するなりさっさとフロアを出ていく永貴のあとを追うと、江崎の視線を感じた。一度立ち止まって小さく会釈し、理は再び小走りで第二会議室に向かう。

「……お疲れのところすみません」

部屋に入ってすぐ理が謝ると、永貴は「別に」と言いたげな顔で適当な椅子に腰掛けた。座れと目で示されて、理も椅子を引いた。向かいではなく、机の角を挟んだ斜め向かいに腰掛ける。

「相談って？」

灰皿を引き寄せて尋ねた永貴に、理は一度だけ口唇を引き結んだ。

しかし、もう怖気づくことはなかった。顔を上げて、真っ直《ま》ぐ《す》に永貴の目を見つめ、小さな声で話し出した。

「相談って言ったんですけど、話なんです。どうしても、堂上さんに伝えたいことがあって」

「……」

「僕が、KSを辞めた本当の理由です」

永貴は既に知っていると江崎は言ったが、理は自分の口から説明したかった。相槌《あいづち》はなかったが、片方の眉だけを上げた永貴の顔を見つめたまま、緊張してくる胸を宥めてゆっくりと話す。

「渋谷店にいたときです。本社の経理の上司から、本社で切り忘れた伝票を代わりに切ってくれと言われました。端末の関係で、店舗は本社より締め切りが一日遅いからと言われて、そのまま切りました」

「……」

「そういうことが何度かあって……、でも、僕が切った伝票はすべて、不正なものでした。切った伝票は、その都度指示をした経理の上司に社内便で送りましたが、それは会社の売上ではなかったんです」

「……横領か」

「そうです」

頷くときは、さすがに永貴の目が見られなかった。それでも、理は一瞬睫毛を伏せただけで、すぐに再び顔を上げた。

「当時は社会人になって日も浅かったし、言われたことをしているだけで疑問に思いませんでした。でも、それは言い訳です。少し冷静に考えれば、おかしいことはたくさんありました。……疑うことすら思いつかなかったのは、僕に伝票を切るよう指示した上司のことが好きだったからです。本社と店舗で離れていましたが、付き合っていました」

話を聞いている永貴は、顔色一つ変えなかった。その反応を見て、やっぱりすべてを知っているのだと思うのと同時に——理はあることにも気づいた。

普段と変わらない仏頂面に見えるが、永貴は明らかに不快感を示していた。それは、何度も抱いた相手の口から過去の男について聞かされたからだろう。

けれど、こんなことを話す自分を心底申し訳なく思う一方で、胸が震えるのは止められなかった。

もし、妬《や》いてくれたのなら。

吉岡に見せられた、数々の写真が脳裏を過る。

まだ永貴の存在すら知らなかった頃、自分が手がけたディスプレイを気に入ってくれた男。店舗を異動するたびに追いかけて、けれど互いに顔は知らないまま。

どんな店員が作ったのだろうと、いろいろ想像したりすることもあっただろうか。

契約社員を募集していることを知ってこの事務所に訪れて、初めて顔を合わせたとき、永貴は何を思っただろう。

——羽根のことは、可愛いと思ってるんだ。誰が見てなくても手を抜かないし、人があまりやりたがらない裏仕事も率先してやってるし。勉強熱心で、一生懸命で。

あの晩告げられた言葉が耳許を過り、理は長めの前髪を指先で弄った。こんなに弱い自分に、これだけ強い想いを寄せてくれたことを思っただけで、嬉しさや申し訳なさで胸がいっぱいになり、涙が出そうだった。

そっと息を吐いて気持ちを落ち着け、理は口を開く。

「不正な伝票のことが発覚して、退職することになりました。全額返済したことで依願退職という形を取ってもらえましたが、不正の一端を担っていたことが消えたわけではないと、自分がいちばんよくわかっています」

「……」

「恋愛も、もう懲り懲りでした。僕がまだ世間知らずで、人を見る目がなかったんだと思って——もっと地に足がつくまでは、誰も好きにならないと決めてました。特に、社内の人と恋愛関係になるのは絶対避けようと思ってました」

「……」

「だから……、……」

そこで言葉に詰まり、理は何度か口唇を開いたが、上手く言えなくなってしまった。もともと口下手なのにたくさん喋っているうち、これでは肝心なことが永貴に何一つ伝わらないのではないかと不安になったせいだ。

口籠もった理に、ずっと黙って聞いてくれていた永貴がようやく口を開く。

「お前は、何がそんなに怖いんだ」

その言葉に思わず顔を上げた理に、永貴は落ち着いた声で尋ねた。

「男が好きなことか。失恋することか？　それとも、前の職場を辞めた理由を知られることか？」

常のぶっきらぼうな口調だが、怒っているのではないともうわかっている。いつもより少し遅い話し方、低い声。何より、こちらを真っ直ぐ見つめる眸は優しく、それは夜の褥《しとね》の中で顔を覗き込んでくるときの目と同じだった。

負った傷は確かに小さくはなかったけれど、逃げた相手は傷を負わせた本人ではない。新しく知り合い、たくさんの人の中からお前が好きだと言ってくれた男。

だから――。

「全部、怖かったです。……でもいちばん怖かったのは、堂上さんがどんどん好きになっていったことでした」

小さく、けれどはっきりと呟き、理は俯いたまま胸の裡《うち》を吐露する。

「好きになればなるほど、最初のきっかけが重くてたまらなかった。誰かを想う気持ちを利用されるつらさはよく知っていたはずなのに、傷ついた自分が今度は誰かを傷つけるなんて想像したこともなかった」

「……」

「堂上さんに優しくされるたび、自分が許せなかった」

最後は声が震えた。それでも、すべて話したときに感じたのは、これまで嫌というほど想像してきた惨めさや情けなさ以上に、安堵の方が大きかった。

好きな相手に、正直でいること。秘密も体裁もなく、自分の中の弱く狡い部分も曝《さら》け出せる日が来るなんて、思ったこともなかった。

永貴だから、言えたのだ。

付き合ってほしいと言ってくれた。全部知っても、言動は何も変わらなかった。軟弱な優しさではなく、武骨な包容力を持った彼になら、ずっと黙してきたいろんなことを打ち明けられる。

いろんなことのすべてを、たぶん永貴はもう知っているだろうけれど、自分の口から自分の言葉で伝えられる。

「……堂上さんが、好きです」

初めて、秘めた想いを口にしたとき——ずっと邪魔だった堰《せき》が崩れ、さっき詰まってしまったのが嘘のように言葉が次々と溢れてきた。

「こういう関係になっても、最初のうちは上司として尊敬しているだけでした。でも、あんなことを言った僕に丁寧に仕事を教えてくれたり、課題に夢中になっているときに何も言わずに食事だけ買っておいてくれたり……、気がついたらどんどん好きになってた」

「……」

「樽田さんに再会したとき、昔のことは絶対に堂上さんに知られたくないと思いました。知られることで、やっとの思いで正社員にしてもらった会社を辞めさせられても、これまでよくしてくれた同僚のみんなに白い目で見られても、それは構わなかったんです。ただ、堂上さんにだけは知られたくなかった……っ」

興奮してきて涙が零れそうになり、理は慌てて呑み込んだ。情けない涙を見せたくなくて、掌を目許に当てようとする。

しかしその手を永貴に取られ、理ははっと顔を上げた。

「……」

永貴は何も言わなかった。苦いものが混じったその表情は、聞きたくないことも全部打ち明けられた複雑さを滲《にじ》ませていたが、同時に、これまで決して本心を語らなかった理がすべて話したことを誉めているようにも見えた。

二人の間に置かれた、一本も吸殻が入っていない灰皿をぐいっと押しやって、永貴が僅かに身を乗り出した。理の腕を摑んでいた手を離し、そのまま伸ばしてくる。反射的に目を閉じた理は、やや乱暴な仕種で頭を撫《な》でられ、今度こそ涙が我慢できなくなってしまった。

「……っ、……」

乱暴に頰を拭《ぬぐ》うと、永貴は困ったなと言いたげに理を眺め、じきに顔を寄せてくる。目を閉じてキスをして、次の瞬間、理は永貴の首に腕を回した。互いの膝が当たったが、ぎゅうぎゅう抱き締める。

後悔も謝罪も好きだという気持ちも、全部受け止めてくれたのだろう。口唇を離さないま

ま抱き返してくれた永貴に、理はありったけの感謝と愛情をこめて、教わったやり方でキスに応えたのだった。

永貴に連れられて、理は彼のマンションに行った。道中の車の中で、会話はなかった。けれどもう、理は永貴が不機嫌なのではないかと不安になることはなかったし、おそらく永貴もまた、これから同衾する相手が後ろめたさを抱えながら部屋に来るとは思っていないに違いない。

先にシャワーを借りた理は、入れ替わりで永貴がバスルームを使っている間、所在なげにソファに座って待つ。

ふと背後を振り返り、続きになっている仕事部屋を眺めた。今夜も引き戸は開け放たれたままだから、部屋の中がよく見えた。

本や資料がぎっしり詰まった書棚、大きめのデスクに出しっ放しのファイルケース。半年前まで、あの赤いファイルはこの部屋のどこにしまわれていたのだろうか。

「……」

熱くなってきた頬を手の甲で押さえて冷まそうとしていたとき、永貴が出てきた。リビングに入るなり、ソファに座っている理を見て目を瞠る。

「ど、どうかしましたか」

あまりにも驚いた表情だったので思わず聞くと、永貴は「……いや」と言っただけだった。

冷蔵庫を開けて水を飲むと、理にも飲むかと聞いてくれる。

小さく首を振った理は、すぐに傍に来た永貴に腕を引かれてぎょっとした。

「ど、堂上さ……」

「なんでソファなんかに座ってるんだ」

「それは」

これからすることは当然わかっているが、ベッドで待つのはなんとなく恥ずかしかったのだ。理がそう告げると、永貴は足を止めて思わずといった体《てい》で顔を覗き込んできた。それから噴き出して、やれやれというように軽く頬を抓《つね》った。

廊下で二人突っ立ったまま、額がくっつきそうな距離で見つめられて、理は目を瞬かせた。ろくな経験などないことは最初の夜から知られていたとわかっているが、改めて言われたような気がして頬が上気した。

けれどもう、羞恥はなかった。小さな声で、理は永貴に告げる。

「堂上さんが、好きです」

言った傍から再び手を引かれ、今度は立ち止まることなく寝室に連れ込まれる。すぐに圧《の》し掛かってきた永貴に借り物のパジャマを脱がされ、性急な仕種に慌てたときだった。

「もう充分わかったから、これ以上言うな」

「え?」

「照れるだろ」

ぶっきらぼうに言われて――次の瞬間、理も思い切り噴き出した。そして、初めて想いを告げて抱き合う夜にちょっぴり緊張していた心が、今のやり取りで少しほぐれたのを感じた。

「……」

口唇が近づいて、理はゆっくりと目を閉じた。空調も入れていない冴《さ》えた空気の寝室に水音が響き、鼓動が速くなる。

永貴と幾つもの夜を過ごしたからだろう、身体が硬くなることはなく、むしろ淫靡《いんび》な雰囲気に体温がほんのりと上昇した気がした。けれど、今夜は特別な夜だ。何度も抱き合った相手との、新しい関係を始めるための夜。

ありふれた恋愛をしたいと強く願った雪の日が胸を過り、その刹那、胸が啼いた。上京してからいろんなことがあったけれど、今夜がいちばん幸せなのかもしれないと思った。

もちろん、過去の過ちへの後悔が消え失《う》せたわけではないけれど――これから永貴と過ごすことで少しずつ、新たな記憶が増えていったら。忘れてはいけない後悔は胸に刻んだまま、前を向いて生きていけたら。

「……好、き……」

口づけの合間にかすれた声で告げ、そのたびに塞《ふさ》がれる。下口唇を甘く食《は》んだり、ときどき強く吸い上げられたりするごとに、身体が徐々に高まっていくのを感じる。

永貴の背中に腕を回し、理は強く引き寄せた。下肢に濡れたものが当たり、永貴も興奮しているのだと知って喉が鳴る。自分の反応に赤面したが、開き直ってもいた。

全部、奪ってほしい。彼に隠すものなど、もう何もない。

逞しい腰を挟んだ膝が無意識のうちにもどかしく揺れた瞬間、こちらを見下ろす永貴の目が細められた。してやったりという表情に、わざと煽るようなキスをされていたことに気づき、頭が熱くなる。

吉岡は、面接で顔を合わせるまで、永貴はこちらの顔を知らないはずだと言った。おそらくそれは本当のことだと、隠し撮りのように写された写真の数々が物語っていた。もっとしっかり写真を撮っていたなら、少なくとも一度や二度は理自身が永貴の姿を見かけていたはずだ。

仕事に情熱を傾ける永貴のことだから、まずディスプレイに惹かれて——けれど理は、彼がたまたま合致した色使いや空間の使い方のセンスのようなものに引きずられて、ディスプレイを手がけた人間を神聖視していったわけではないと信じていた。

気難しく、頑固なところが際立つ永貴だが、本当はそれだけではない。清濁併せ呑むというにはあまりにも安直な、懐《ふところ》の深さのようなものに感謝せずにはいられなかった。あれだけ秘密にしたかったことをすべて話せたのは、言い分も言い訳もすべて聞くと度量を見せてくれた彼だからだ。

綺麗事だけを見ずにその裏側まで覗こうとした永貴だからこそ、作り物のディスプレイがきっかけだったとしても、出会ってから流れた二年半分の時間で自分自身を見てくれたに違いない。

「……ぁ」

冷えた空気のせいでぷつっと尖《とが》った胸の粒を親指の腹で押しつぶされるようにされて、かすかな声が零れた。身体は発火したように熱いのに、自分のそこがはしたなく凝っているのが居たたまれない。指先で散々捏《こ》ねられたあとは濡れた舌で大胆に舐《な》められ、息がどんどん上がっていく。

「……、あ、は」

口唇で優しく食まれたかと思うとときおり歯を立てられて、理は身体を捩《よじ》ってシーツにしがみついた。ところが、全身の神経を乳首に集中させていたせいで、いつの間にか下肢が油断していたらしい。やっと胸が解放されたと思った瞬間、今度はこれから繋がる部分にいきなり触れられ、びくっと背を波打たせてしまう。

「……んぅ、ん……っ」

まだ綻んでいないそこに強引に中指が挿《はい》ってきたのと、口唇を塞がれたのは同時だった。身体の中に他人の指が挿った衝撃で声が漏れたが、そのまま永貴の口の中に吸い込まれていく。

永貴は何度か口唇を離してくれるが、自分のペースで息を吐き出せないせいで、ひどく苦しかった。ただ、その苦しさがさらなる劣情を呼び覚ますのも事実だった。逃げ場のない快感が内に淀み、捌《は》け口を失って蓄積されていく。

既に勃《た》ち上がっていた自分の欲望に永貴の引き締まった腹筋が擦《こす》りつけられ、あまりのいやらしさに理は息を詰めた。永貴は卑猥な動きで理の欲望を煽ったあと、身体をずらして直接口で触れてくる。先端に口唇で触れられ、浮かんだ露を吸い取るように舐め取られて、理は思わず甲高《かんだか》い声を上げた。

「あんっ」

甘ったるい声に自分でもぎょっとしたが、それ以上に永貴が微かに笑った気配を下肢から感じてしまい、穴があったら入りたい気分になった。永貴は理の欲望を散々愛撫したあと、再び上体を伸ばして耳許に口唇を寄せる。

「あんまり煽るなよ」

「……って、……あ、っ」

「あ、っ、アッ」

「……、……」

永貴の息も弾んでいるのがわかって、ひどく惑乱した。このままめちゃくちゃにされたい衝動が込み上げ、理は夢中で永貴の下肢に手を伸ばすと、指先に触れたあたたかい塊《かたまり》を包み込む。

「……っ」

息を呑んだ永貴の反応が愛《いと》おしくて、理は掌に包んだものをそっと揉み込んだ。丸い先端が張っているのを親指の腹で撫で、そこがどんどん濡れてくる生々しい感触に何度も口唇を舐める。

「あ、ぁ、……っ」

仕返しとばかりに下肢に埋め込まれたままの指を増やされ、奔放な声が上がった。弱いところを重点的に攻められてしまえばひとたまりもなく、理はいつしか永貴の欲望をぎゅっと握り締めたまま、何度も身体を震わせる。

「も……もう、堂上さ……、あ、アッ」

ひどく感じるたびに強く握ってしまい、そのたびに永貴の目が細められるのに耐えられず、理は歯を食いしばった。靄がかかってくる頭の中で、必死で理性を繋ぎとめようとする。このまま翻弄されたらとんでもない痴態を晒《さら》しそうで、その予感だけで遂情しそうなほど感じてしまった。

あられもない声を上げて身悶《みもだ》えたとき、永貴がぐっと膝を割ってくる。

「あ、あっ」

あからさまな体勢に羞恥を覚える間もなく、つい今し方まで握っていたものが宛がわれた。そのままゆっくりと押し込まれて、激しい体感に口唇を戦慄《わなな》かせることしかできなくなる。

「あ、んん……、ぅ」

目を閉じて挿ってくるものの大きさに耐えようとしたが、頬に痛いほどの視線を感じた。表情の変化を余すところなく見つめられているのがわかり、顔を隠したくて横を向いたが、すぐに顎《あご》を摑まれて戻される。

嚙みつくような口づけが降ってきたのと、奥まで押し込まれたのは同時だった。

「ぅ……あ、っ、……ぁっ、っ、……っ、やぅ……っ」

身体が馴染むまで待たず、永貴はすぐに動き始めた。もう体裁を取り繕《つくろ》う余裕もなくて、理は自分に圧し掛かる永貴の身体をひしっと抱き締め、ただ揺さぶられるままに声を上げた。

「あ、あんっ」

「……っ、だから煽るなって……っ」

「あ、あぅ……ッ、あ、っ」

諫《いさ》められても自分でもどうにもできなくて、闇雲に首を振る。永貴のセックスは最初から丁寧にこちらを追い上げてくれたし、好きだと意識してからは気持ちと同様に身体も感じやすくなっていたのは自覚していたが、なんだか今夜は変だった。

後ろめたさがないから、与えられる刺激をすべて正面から受け止めてしまうせいだろうか。

それとも――それとも、永貴もこの夜を特別に感じてくれているのだとしたら。

「……っ」

そう思った刹那、身体が勝手に永貴の欲望を締め上げてしまい、互いの口からため息が零れた。同時に反応したのが恥ずかしくも嬉しくて、急激に絶頂が近づいてくる。

「イッ……――っ、……、っ、あ、ぅや……っ」

永貴の欲望も硬くなった気がして、その激しさに背中が自然と丸まったとき、触れられてもいない欲望が永貴の腹筋に擦られて呆気《あっけ》なく弾けた。永貴の背中を掴んだ指先がぶるぶる震えているのが自分でもわかり、どうにかしたいのに呼吸もままならない。

ほぼ同時に永貴の欲望も体内で爆《は》ぜたのを感じ、理は大きく身体を震わせながら口唇を噛み締めた。永貴の欲望に纏《まと》わりついていた襞が濡れ、その感触に治まりかけていた前がもう一度、軽くいってしまったのがわかる。

永貴の身体から力が抜け、徐々に増していく重みを抱き締めて、理は薄い胸を喘《あえ》がせた。

「あ、は……、……ぅ」

大きく息をついていると、永貴が汗で濡れた身体を優しく抱き締めてくれた。そのまま耳許に口唇を寄せ、囁《ささや》いてくる。

「……もう、俺に隠し事するなよ」

「……、……」

「あいつがお前にした事を考えたら、どうしてもひと泡吹かせてやらないと気が済まなかった」

半ば独り言のように告げられた台詞は、永貴が何故危ない橋を渡ってまで偽の見積書に沿った仕事をしたのかの理由だった。

まともな言葉も綴《つづ》れなかったので、理は何度も頷いた。お返しのように形のいいその耳に口唇で触れ、何度も深呼吸して息を整えたあと、震える声で告げる。

「好きだから……もう、二度と堂上さんに嘘ついたりしない」

「羽根」

「ずっと、誠実でいたい」

胸が締め上げられるように苦しくなり、理は強く瞼を閉じた。けれど、もう苦しいだけではなかった。胸いっぱいに幸福感が満ち、少し苦いものも混じったそれは胸の中だけでは収まらずに、次々と溢れてくる。

「……好きです」

禁止された告白を小さく囁くと、胸を締めつける力以上にきつく抱き締められ、理は自分に覆い被《かぶ》さる永貴の背中を固く抱き返したのだった。

＊＊＊

「お先に失礼します」

「お疲れー」

同僚たちと挨拶を交わし、理はバッグを斜めに掛けた。デスクに椅子をきちんとしまってデザイン部をあとにすると、階段を上がってアトリエ室に向かう。

「吉岡くん」

開けっ放しのドアから声をかけると、マネキンの腕部分をエアクッションに包んでいた吉岡が笑顔で振り返った。

「あ、ごめん！　もうちょっと待ってて」

「うん。手伝うよ」

中に入り、理は吉岡が押さえたエアクッションをテープで留めた。宅配便の送り状に慌しくボールペンを走らせている吉岡を横目に、手頃な段ボール箱がないか畳んで積まれている中から探す。

永貴に全てを打ち明けた日から、理はようやく檜皮デザインの一員になれたと実感し、これまでどこか遠慮していた同僚たちにも気負わず接することができるようになっていた。特に吉岡とは、ファイルを見せてもらったこともあり、敬語ではなく親しい若手同士として、ときおり食事に行く仲になったのだった。

吉岡が送り状を書き終わったのと、理が箱を見つけたのはほぼ同時だった。協力してさっさと荷造りしていると、不意にドア口から機嫌の悪そうな声が聞こえる。

「なんだよお前ら、浮かれて梱包して」

「堂上さん」

びっくりして手を止めた理とは裏腹に、吉岡は平然と言った。

「これから羽根くんと焼き肉。だから何かあっても明日にしてくださいっ」

「別に構わない。お前が明日泣く羽目になってもいいならな」

今日と明日の二日に分けてやった方が楽だと思うけどな、と永貴が差し出した仕様書にさっと視線を走らせているうち、吉岡が徐々に意気消沈していった。最後まで見たあとがっくりと肩を落とした様子を見て、理は取りなすように言う。

「吉岡くん、無理そうならまた別の日にしよう？　いつでもいいから」

「……ごめん」

「気にしないで」

項垂《うなだ》れている吉岡を励ましていると、永貴に「行くぞ」とアトリエ室から連れ出されてしまった。慌ててあとを追いながら、理は吉岡を案じて振り返りつつ言う。

「最近の堂上さん、吉岡くんにちょっと冷たすぎる」

「あいつが約束破ったからだろ。自業自得だ」

苦虫を噛み潰《つぶ》したような顔で言われ、理は内心でため息をついてしまった。理は吉岡との約束通り、あのファイルを見せてもらったことを黙っていたのだが、吉岡の方が永貴に打ち明けてしまったのだ。

吉岡がそうしたのは、理が退職するかもしれないと心配して永貴に話したためだった。あれ以来こきつかわれている吉岡を見ると、責任を感じずにはいられない。

そのお詫《わ》びも込めて、以前お返しに奢ると言った昼食を彼の好きな焼き肉にして、ご馳走したかったのだが——。

「……」

狼狽えながら早足で先を行く永貴を追っていた理は、短い襟足から覗く首筋がほんのり上気しているのを発見して、思わず立ち止まってしまった。

滅多に何事にも動じない普段の言動から、もっと図太い性格だと思っていたけれど、恋愛に関してはとても繊細で嫉妬深いのだと思うのがこんなときだ。

立ち止まった理に気づいた永貴が、数歩先のところで足を止めて振り返ったのに、理はバッグを頭から引き抜きながら言った。

「じゃあ、堂上さん、一緒に行きましょう」

「……まだ仕事がある」

「待ってます」

頷いて、理は佇んだままの永貴に近寄った。自分より少し高い位置にある顔を見上げ、控え目に笑いかける。

「勉強しながら待ってます。早く一人前になりたいから」

その言葉に、永貴は何も言わなかったけれど――。

「……っ」

素早く周囲を見回した永貴にかすめるようなキスをされて、理はびっくりして目を丸くしたあと、じんわりと胸があたたかくなった自分に照れながら、永貴と肩を並べて再びデザイン部に向かったのだった。

焼き肉店の夜

煙のせいですっかり色が変わった壁紙、年季の入った焼き網。店内はジュウジュウという肉が焼ける音と話し声で騒がしい。

お世辞にも綺麗とは言い難い小さな焼き肉店だが、店が独自の仕入れルートを持っているのか味がいいので気に入っている。

ビールを注ぎ足そうとして瓶《びん》が空であることに気づき、店員を呼んで二本目を注文した堂《どう》上《がみ》永貴《えいき》は、向かいの席で熱心に網の上の肉を引っくり返している羽根《はね》理《さとる》に話しかけられて顔を上げた。

「堂上さん、これもう焼けてます。どうぞ」

箸《はし》で摘まんで相手の皿に入れることはせず、言葉で勧めるだけなのがいかにも彼らしいと思い、永貴は苦笑いして焼けた肉を自分の取り皿に移す。身体《からだ》の関係が先行したとはいえ、今は相思相愛の恋人同士になったというのに、この慎ましさが好ましくももどかしい。

本日は土曜日、二人とも休日出勤だ。明日は休みなので二人でゆっくり食事をしようと理を誘ったところ、この店をリクエストされた。食の細い恋人が焼き肉を所望したのに違和感を覚えたが、希望するものを食べさせてやりたいとの思いから快諾し、午後六時過ぎに揃って事務所を出たのだった。

ぱくりとひと口で肉を食べ、永貴は人参の焼け具合を見ている理を感慨深い気持ちで眺めた。

楚々とした面立ちは、煙草と焼き肉の煙で靄がかかったような店内ではともすれば浮いて見える。二十代後半になっても清潔感溢《あふ》れる雰囲気は、色気がなくとっつきにくい印象を与えるが、そういうところも気に入っていた。襟元のボタンを一つだけ外したシャツには、相変わらずきちんとアイロンが当てられていて、いくら今日は現場がない日だったとはいえ丸一日働いたあととはとても思えない。

肉づきの薄い身体を包むシャツに見覚えがあることに気づき、永貴は運ばれてきたビールをグラスに注ぎながら懐かしい記憶を辿《たど》る。

このシャツは、理が面接に来たときに着ていたものだった。

業種が業種なので、面接の際には『服装自由』と通達している。受けに来る側はスーツの方がよっぽど楽だと思いながら頭を悩ませてくるのだろうが、こちらとしては社風を理解しているのか、チーム作業が多い分協調性があるのかなどを見るためにあえて『服装自由』と設定しているに過ぎない。

あの日、永貴は朝から落ち着かなかった。事前に送られてきた書類により、面接に来る人物の名前が『羽根理』であることを知っていたからだ。

履歴書に添付されていた写真は、緊張のせいかやや強張《こわば》っていた。笑ったところが想像できないほどの無表情で、本当にこの人物がアパレル会社に勤務し客に洋服を販売していたのだろうかと思ったが、履歴書に記された職歴には確かに『K'S』の文字があった。

けれど、半信半疑で面接に臨んだ小さな応接室で入室した理を一目見た瞬間、永貴は彼こそがずっと顔を見てみたいと願い続けた人物であると直感したのだ。

『羽根理と申します。よろしくお願いいたします』

頭を下げた理の服装は、薄いグレーのシャツに生成りのチノパンツだった。細身の彼によく似合っているラインで、色の選び方や髪形、全体の雰囲気を見ただけで永貴は言いようのない充足感に満たされた。どんな人物がこのディスプレイを作っているのだろう――長年疑問で、それでも明確に思い描くことのできなかった当人に間違いないという確信があった。

彼が今目の前にいるというのは、言葉では言い尽くせないほどの感慨だったのだ。

これまで想像でしかなかった人物が具現化したわけで、一発で惹《ひ》かれてしまった。採用を決めたのは職権乱用だったと言われても致し方ない。

もちろん、理は大人しいながらも面接官の質問に丁寧に答え、試験結果も悪くなかったために全員一致で採用となったのだが、理の姿ばかりを見て質疑応答の内容など殆《ほとん》ど頭を素通りしていた自分に言い訳はできないのだった。

「……堂上さん？」

怪訝な顔の理に名前を呼ばれ、初対面のときのことを思い出していた永貴は何でもないと首を振った。締まりのない顔をしていたのではないかと危惧したが、すぐに肉を焼く作業に戻った理を見る限り、大丈夫だったようだ。

生来の仏頂面にひっそりと感謝し、トングで肉を引っくり返している理の伏せられた睫毛《まつげ》を見つめる。

採用以来、ずっと気に掛けてきた。仕事を教え、ときに厳しく指導したのは、見込みがあったからだけではない。早くこの職場に慣れて、定着してくれればいいと願っていたからだ。公私混同は避けようと肝に銘じていたから、ほかの社員よりきつく当たってしまったかもしれないという自覚はある。手前勝手な理由だったが、理は熱心に仕事に取り組んでくれた。時給分の働きをすれば構わないだろうと考える人間が決して少なくない中で、空き時間は資料整理をし、朝は早く来てフロアを掃除していたことも知っている。正社員になるためのパフォーマンスではなく、彼が根っから勤勉な性質だというのは、紆余曲折を経て社員となった今も変わらず地味な作業をこなしていることからもわかる。

——正社員に、なりたいんです。

初めて身体を重ねた晩に告げられた台詞《せりふ》がふと耳許を過《よぎ》り、永貴は無言でテーブルに跳ねた油をお絞りで拭った。

本音を言えば、ショックだった。二年もの間、大事にしてきたのだ。大人しい彼が、お世辞にも優しいとは言えない上司を苦手に思っていることを感じていたから、無理強いしないよう細心の注意を払って——充分時間を重ねた上での告白だったのに。

それでも手を伸ばしてしまったのは、ひとえに好きだったからに相違ない。

スタートは躓《つまず》いても、身体を重ねることで少しでも関係が変わっていけるなら、そんなふうに望みながらもなかなか優しくできなかった日々。

だからこそ、彼の口から好きだという言葉が聞けたときは、柄にもなく嬉しくてたまらなかった。

「吉岡《よしおか》くんの言ったとおり、美味しいです」

「……そう」

「会社の近くにこんなお店があったなんて、知りませんでした」

本当は、この店に理を連れてくる気はなかった。この店は験《げん》が悪い。過去何回も、口止めのために吉岡に奢らされた店だ。

もともと人懐っこい顔をニヤニヤさせて、「なんでそんなにその店員のことが気になるんですか～」と繰り返し、遠慮なく限界まで食べていった吉岡の姿を思い出すと、今でも居心地が悪くなる。

「一本奥に入ってるからな。看板も小さいし」

「そうですね。これだけ繁盛してるところを見ると、みんな美味しいお店はちゃんと知ってるんですね」

感心したように言い、理は網から顔を上げて店内を見回した。

「吉岡くんにはいろんなお店教えてもらったんですけど、こういうところは昼来ないから知りませんでした」

「へぇ」

理の話に眉を片方だけ上げて、永貴は焼き上がった人参を網から摘まむと直接口に放り込む。

「あいつ、こっちには月に半分ほどしかいねぇのにな」

「はい。でももう……五つくらいかな、教えてもらって一緒に行きましたよ。どこも安くて美味しかったです」

「ちょっと待て」

にこにこと言った理の台詞に一部聞き捨てならない箇所があり、永貴は行儀悪くテーブルに右肘をついた。

「店の場所を聞いたんじゃなくて、一緒に行ったのかよ」

「え？　はい。昼に安いランチがあるからって、時間が合うときに一緒に」

「……ふぅん」

「食べながら、会社のこととかマネキンのことなんか教えてもらってるんです。吉岡くん話が上手だし、聞いてて楽しいです」

「……」

知らぬところで友情を育んでいるらしい話を面白くない気分で聞いている永貴に気づかず、理は続けた。

「吉岡くん、本社がある工房の近くもいいお店いっぱい知ってるんです。二週間くらい前、僕がサンプル届けに行くとき直帰でいいって言ってもらったことあったじゃないですか。そのときも連れてってもらいました」

「……何食ったんだ」

「焼き鳥です。昼は親子丼で有名なお店らしくて、夜は串がメインなんですけど吉岡くんがあんまりにも親子丼の素晴らしさを力説するから興味湧いちゃって、最後の締めに二人で親子丼食べました。すごく美味しかったけど、苦しかったです」

どの店のことか、すぐにわかった。檜皮《ひわだ》デザインが分社化する前、永貴も工房がある檜皮製作所に勤務していたのだ。事務所からふた筋ほど奥に入ったところにある、懐かしい看板を思い出す。

「あ、堂上さん。これも焼けましたよ」

にこやかに勧められた肉を半ばやけっぱちで口に放り込み、永貴は憮然として言った。

「吉岡とずいぶん仲がいいんだな」

「はい。歳も近いし、吉岡くん明るいので」

「明るいっていうより能天気なんだろアレは」

絶対に秘密だと念を押したことをばらしてしまった童顔を思い出し、苦虫を噛《か》み潰した表情で肉を食べていると、理が困ったような顔をしているのに気づいた。目だけで問いかけると、理は新しい肉を網に載せながら言う。

「堂上さん、最近吉岡くんに厳しい気がします」

「そんなことはねぇよ。どうせあっちも俺のこと散々言ってるんだろうし」

「……」

曖昧な笑顔でごまかされ、明確な返答がなかったところを見ると、図星だったようだ。とはいえ、理が気に病むことは何もない。気さくで生意気な吉岡とはどちらかといえば気が合う方で、マネキンをディスプレイする側と作る側、仕事に関しては互いに歯に衣着せぬ応酬をやり取りする仲である。

……事もなげに首を振りかけ、永貴ははたと目を眇《すが》めた。

気に病むことはないが、理はもう少し吉岡と距離を置いてほしいと思うのは致し方ない。まだ理の正体が判らなかった頃、吉岡にはいろいろ協力してもらったというばつの悪さだけではなく、単に嫉妬しているのだ。

事務所近くの店なら、自分だっていろいろ教えてやるのに。会社のことだって、聞かれたことには何でも答えるのに。

そんなことを考えていると表情にはおくびにも出さず、黙々と肉を平らげていると、向かいの席で理がふっと微笑《ほほえ》んだ。

「僕よりも、堂上さんと吉岡くんの方が仲いいと思います」

「そりゃねぇよ」

「ふふっ、そんなふうに言えるところが特に。……なんか羨ましい」

そう言って、理は焼き上がった肉を食べると、照れくさそうに笑う。

「このお店、吉岡くんが『堂上さんに何度も奢ってもらった』って教えてくれたんです。堂上さんにはいろんなところに連れていってもらったけれど、ここは来たことがなかったから……。吉岡くんと二人でしょっちゅう行くお店っていうのに、僕も堂上さんに連れてきてもらいたくて」

「――……」

理と焼き肉はどことなくイメージが結び付かなかったが、この店を希望した理由は思わぬところにあったようだ。

僅《わず》かに目を瞠《みは》り、まじまじと理を眺めると、最初は視線を受け止めていた理がじきに目を伏せた。妬《や》いていたのだと言外に滲《にじ》ませたことが、恥ずかしくなったらしい。

その表情を見たらもう、胸が疼《うず》いてしまった。長く見守ってきた自覚があるからこそ、愛しくてたまらない。

「……ほら食って。追加は？」

「あ、もうお腹いっぱいです。堂上さんよかったら――」

「俺ももういい」

網の上に数枚残った肉を勧め、自分も大急ぎで食べながら、永貴は言った。

「食い終わったらさっさと店出るぞ」

「えっ――あ、はい。すみません、まだ仕事あったんですか？」

「仕事はない」

慌てたように気遣う理に首を振り、永貴は残ったビールを一気に飲み干すと、片方の眉だけを上げた。

「肉食って精力つけたあとやることは決まってる」

「……、……」

途端に真っ赤になった理を眺め、小さく噴き出す。

年齢の割に擦《す》れていない、この透明感が何よりも好きだ。彼の最初の恋は苦いものだったようだが、それでも少しも濁ってはいない。

ずっと、惹かれていた。

まだ彼の姿を知らず、その感覚が紡ぎ出す色遣いしか見られなかった頃から、どんな人物がこの空間を作ったのだろうと興味を持っていた。実際に目の前に現れた彼は想像していたよりも綺麗で、線の細い面立ちと憂いを帯びた瞳に胸が揺さ振られた。

自他共に認める武骨者だから、優しくしたり甘やかしたりするのはあまり上手な方ではないと自覚している。だから、大切にするつもりだった。大事に大事にして、今度彼が困った局面にぶつかったときは、真っ先に相談してもらえるように。

——そう思う永貴の眼差しは本人が自覚しているよりも甘く、優しいもので、向かいに座る理が戸惑ってしまうほどだったのだけれど。

あとがき

はじめまして、こんにちは。うえだ真由です。このたびは拙著をお手に取ってくださって、ありがとうございます。

ルチル文庫さんでは、とてもお久しぶりの本になってしまいました。ここ数年あまり書けていなくて、この本もずいぶん遅れてしまいましたが、たくさんの方に助けていただいて形になったことに感無量です。

もし待っていてくださった方がいらっしゃったなら、とてもありがたくそして申し訳ない気持ちでいっぱいです。少しでも楽しんでいただけるといいのですが……。

今回舞台にした業種とは、昔会社員だった時代にほんの少〜しだけ掠っていたことがあります。

実は私、子どもの頃デパートで、母親と間違えてマネキンの手を取ってしまった恥ずかしい想い出があるのです。売り場をうろちょろしていたときに名前を呼ばれたような気がして慌て、そのマネキンが母と似たような服を着ていたから間違えたのですが、摑んだ手のあまりの冷たさにギョッとして見上げた瞬間無表情が視界に入ったときの恐怖は、しばらく夢に見るほどでした。以来ずっとマネキンは怖いものだという認識があり、仕事でちょこっと関係したときもその記憶が色濃く残っていて、無機質な腕とか硬い感触とかひっそり苦手でした。

それが、働いておられる方にいろんなお話を聞いていくうち、少しずつ興味が湧いてきました。特にマネキンを作っておられる方は作品に非常に愛情を持っていらして、語られる様々なエピソードを聞くごとに苦手意識が薄れていったと思います。

あの頃はまさか自分がこういう仕事をするようになるとは夢にも思わず、ただ楽しくお話を伺うだけでしたが、実際に書くにあたって調べていくうちに昔のことをいろいろと思い出して懐かしかったです。


イラストをつけてくださったのは、金ひかる先生でした。

本当はもっと前に出るはずだった本なので、ただでさえお忙しい金さんには大変なご迷惑をおかけしてしまったのですが、スケジュールがずれても変わらず予定を入れてくださって、言葉では言い尽くせないほど感謝しています。

金さんの描かれる大人の男性も、中性的だったりやんちゃだったりする少年も大好きな私にとって、年単位で遅れた文庫にも当初の予定通り素敵なイラストをつけていただけたことは本当にありがたく嬉しかったです。

お忙しく、また大変な中、本当にありがとうございました。

また、担当さんにもとてもお世話になりました。なかなか原稿が上げられない中、折に触れてお電話をくださり、支えてくださったことが本当にありがたく、また申し訳なかったです。こうして完成まで漕ぎ着けたのも、ひとえに担当さまのお力添えあってのことでした。

そして何より、お読みくださった方にも心からのお礼を申し上げます。拙著がお忙しい毎日のほんの少しの息抜きになっていればいいのですが……。

またお会いできたら幸せです。

うえだ真由

✦初出　きっと優しい夜……………書き下ろし
焼き肉店の夜…………………書き下ろし

うえだ真由先生、金ひかる先生へのお便り、本作品に関するご意見、ご感想などは
〒151-0051 東京都渋谷区千駄ヶ谷 4-9-7
幻冬舎コミックス　ルチル文庫「きっと優しい夜」係まで。

幻冬舎ルチル文庫

きっと優しい夜

2013年2月20日　　第1刷発行

✦著者　うえだ真由　うえだ まゆ

✦発行人　伊藤嘉彦

✦発行元　株式会社 幻冬舎コミックス
〒151-0051 東京都渋谷区千駄ヶ谷 4-9-7
電話 03(5411)6432［編集］

✦発売元　株式会社 幻冬舎
〒151-0051 東京都渋谷区千駄ヶ谷 4-9-7
電話 03(5411)6222［営業］
振替 00120-8-767643

✦印刷・製本所　中央精版印刷株式会社

✦検印廃止

ISBN978-4-344-80966-6　C0193　Printed in Japan

「幻冬舎ルチル文庫」
大好評発売中

高校生の芳条悠紀は、満員電車の中で知り合った年上のサラリーマン・鷹宮瑛司に惹かれ、自ら誘って「一度だけ」との約束で関係を持ってしまう。しかし、その後鷹宮と再会した悠紀は、寂しさを忘れさせてくれる彼と身体だけの関係を続け、いつしか溺れていくのだった……。どんなに身体を重ねても、くちびるは重ねることのなかったふたりだが——。デビュー作・待望の文庫化!!

発行●幻冬舎コミックス　発売●幻冬舎